Las CRÓNICAS de NARNIA®

C. S. LEWIS

La Silla de Plata

Las CRÓNICAS *de*
NARNIA®
C. S. LEWIS

La Silla de Plata

Traducción de Gemma Gallart
Ilustraciones de Pauline Baynes

rayo

Una rama de HarperCollins*Publishers*

Las CRÓNICAS *de*
NARNIA®

PRIMERA EDICIÓN RAYO, 2005

Library of Congress ha catalogado la edición en inglés.

ISBN-13: 978-0-06-088430-7
ISBN-10: 0-06-088430-4

05 06 07 08 09 DIX/CW 10 9 8 7 6 5 4 3 2 1

Para Nicholas Hardi...

ÍNDICE

UN MAPA DE LAS
SALVAJES
TIERRAS
DEL NORTE

ERIAL DEL
FAROL

GRAN RÍO

HARFANG
a. Ciudad en ruinas de los gigantes

PUENTE GIGANTE

PÁRAMO DE ETTIN

DESFILADERO

RÍO SHRIBBLE

MARISMAS

NARNIA

MAR

CAPÍTULO 1

Detrás del gimnasio

Era un día desapacible de otoño y Jill Pole lloraba detrás del gimnasio.

Lloraba porque se habían reído de ella. Éste no va a ser un relato escolar, de modo que contaré lo menos posible sobre el colegio de Jill, pues no es un tema agradable. Era un centro coeducacional, una escuela tanto para chicos como para chicas, lo que se daba en llamar una escuela «mixta»; había quien decía que el problema no era la mezcla de alumnos sino la confusión mental de los que la dirigían. Eran personas que pensaban que había que permitir a los alumnos hacer lo que quisieran; y, por desgracia, lo que más gustaba a diez o quince de los chicos y chicas mayores era intimidar a los demás. Ocurrían toda clase de cosas, cosas horrendas, que en una escuela corriente habrían salido a la luz y se habrían zanjado al cabo de medio trimestre; pero no sucedía así en aquélla. O incluso aunque sí se desvelaran, a los alumnos que las hacían no se les expulsaba ni castigaba. El director decía que eran casos psicológicos muy interesantes y los hacía llamar a su despacho y conversaba con ellos durante horas. Y si uno sabía qué decirle, acababa convirtiéndose en un alumno favorito en lugar de todo lo contrario.

Por ese motivo lloraba Jill aquella desapacible tarde de otoño en el sendero húmedo que discurría entre la parte trasera del gimnasio y la zona de arbustos. Y seguía llorando aún cuando un niño dobló la esquina del gimnasio silbando, con las manos en los bolsillos, y casi se dio de bruces con ella.

—¿Por qué no miras por dónde vas? —lo increpó Jill Pole.

—Vale, vale —respondió él—, no es necesario que armes ... —Y entonces le vio el rostro—. Oye, Pole, ¿qué sucede?

La niña se limitó a hacer muecas, de esas que uno hace cuando intenta decir algo pero descubre que si habla empezará a llorar otra vez.

—Es por «ellos», supongo... como de costumbre —dijo el muchacho en tono sombrío, hundiendo aún más las manos en los bolsillos.

Jill asintió. Sobraban las palabras, así que no habría dicho nada incluso aunque hubiera podido hablar. Los dos lo sabían.

—¡Oye, mira! —siguió él—, de nada sirve que todos nosotros...

La intención era buena, pero realmente hablaba como quien está a punto de echar un sermón, y Jill se enfureció; algo bastante frecuente cuando a uno lo interrumpen mientras llora.

—Anda, ve y ocúpate de tus asuntos —le espetó la niña—. Nadie te ha pedido que te entrometas, ¿no es cierto? Y, precisamente, no eres quién para andar diciendo a la gente lo que debería hacer, ¿no crees? Supongo que lo que quieres decir es que deberíamos pasarnos todo el tiempo admirándolos y congraciándonos y desviviéndonos por ellos como haces tú.

—¡Ay, no! —exclamó el niño, sentándose en el terraplén de hierba situado al borde de los matorrales y volviéndose a incorporar a toda prisa ya que la hierba estaba empapada. Su nombre, por desgracia, era Eustace Scrubb, pero no era un mal chico.

—¡Pole! —dijo—. ¿Te parece justo? ¿Acaso he hecho algo parecido este trimestre? ¿Acaso no me enfrenté a Carter por lo del conejo? Y ¿no guardé el secreto sobre Spivvins?... ¡y, eso que me «torturaron»! Y no...

—No, no lo sé ni me importa —sollozó Jill.

Scrubb comprendió que todavía seguía muy afectada y, muy sensatamente, le ofreció un caramelo de menta. También tomó uno él. De inmediato, Jill empezó a ver las cosas con más claridad.

—Lo siento, Scrubb —dijo al cabo de un rato—, no he sido justa. Sí que has hecho todo eso... este trimestre.

—Entonces olvídate del curso pasado si puedes —indicó Eustace—. Era un chico distinto. Era... ¡Cielos! Era un parásito con todas las letras.

—Bueno, si he de ser franca, sí lo eras —manifestó Jill.

—¿Crees que he cambiado, entonces?

—No lo creo sólo yo —respondió la niña—. Todo el mundo lo dice. También «ellos» se han dado cuenta. Eleanor Blakiston oyó a Adela Pennyfather hablando de eso en nuestro vestuario ayer. Decía: «Alguien le ha hecho algo a ese Scrubb. No está nada dócil este curso. Tendremos que ocuparnos de él».

Eustace se estremeció. Todo el mundo en la Escuela Experimental sabía qué quería decir que «se ocuparan de alguien».

Los dos niños permanecieron callados unos instantes. Gotas de lluvia resbalaron al suelo desde las hojas de los laureles.

—¿Por qué eras tan diferente el curso pasado? —inquirió Jill.

—Me sucedieron gran cantidad de cosas curiosas durante las vacaciones —respondió él en tono misterioso.

—¿Qué clase de cosas?

Eustace no dijo nada durante un buen rato. Luego contestó:

—Oye, Pole, tú y yo odiamos este lugar con todas nuestras fuerzas, ¿no es cierto?

—Por lo menos yo sí —dijo ella.

—En ese caso creo que puedo confiar en ti.

—Me parece estupendo por tu parte.

—Sí, pero voy a contarte un secreto impresionante. Pole, oye, ¿te crees las cosas? Me refiero a cosas de las que aquí todos se reirían.

—Nunca he tenido esa oportunidad, pero me parece que las creería.

—¿Me creerías si te dijera que estuve totalmente fuera del mundo, fuera de este mundo el verano pasado?

—No sé si te entendería.

—Bien, pues dejemos de lado eso de los mundos, entonces. Supongamos que te digo que he estado en un lugar donde los animales hablan y donde hay... pues... hechizos y dragones..., y... bueno, toda la clase de cosas que encuentras en los cuentos de hadas. —Scrubb se sintió muy azorado mientras lo decía y enrojeció sin querer.

15

—¿Cómo llegaste ahí? —quiso saber Jill, que también se sentía curiosamente vergonzosa.

—Del único modo posible... mediante la magia —respondió Eustace casi en un susurro—. Estaba con dos primos míos. Sencillamente fuimos... trasladados de repente. Ellos ya habían estado allí.

Puesto que hablaban en susurros a Jill le resultaba, en cierto modo, más fácil creer todo aquello; pero entonces, de pronto, una terrible sospecha se adueñó de ella y dijo, con tal ferocidad que por un instante pareció una tigresa:

—Si descubro que me has tomado el pelo jamás te volveré a hablar; jamás, jamás, jamás.

—No te tomo el pelo —respondió Eustace—, te lo juro. Lo juro por... por todo.

(Cuando yo iba a la escuela uno acostumbraba a decir: «Lo juro por la Biblia». Pero en la Escuela Experimental no se fomentaba el uso de la Biblia.)

—De acuerdo —dijo Jill—, te creeré.

—Y ¿no se lo dirás a nadie?

—¿Por quién me tomas?

Estaban muy emocionados cuando lo dijeron. Pero a continuación Jill miró a su alrededor y vio el nebuloso cielo otoñal, escuchó el gotear de las hojas y pensó en lo desesperado de la situación en la Escuela Experimental —era un trimestre de trece semanas y todavía quedaban once—, y no pudo evitar decir:

—Pero a fin de cuentas, ¿de qué sirve eso? No estamos allí: estamos aquí. Y está claro que no podemos ir a Ese Lugar. O ¿sí podemos?

—Eso es lo que me preguntaba —repuso Eustace—. Cuando regresamos de Ese Lugar, alguien dijo que los dos Pevensie, mis dos primos, no podrían regresar nunca más. Era la tercera vez que iban, ¿sabes? Supongo que ya cubrieron su cupo. Pero no dijo que yo no pudiera. Seguramente lo habría dicho, a menos que su intención fuera que yo regresara. Y no dejo de preguntarme: ¿podemos... podríamos...?

—¿Te refieres a hacer algo para conseguir que suceda?

Eustace asintió.

—¿Quieres decir que quizá podríamos dibujar un círculo en el suelo... y escribir cosas con letras raras dentro... y meternos en él... y recitar hechizos y conjuros?

—Bueno —respondió Eustace después de reflexionar intensamente durante un rato—, creo que yo también pensaba en algo así, aunque nunca lo he hecho. Además, ahora que lo pienso mejor, los círculos y cosas como ésas me dan un poco de repugnancia y no creo que a él le gustaran. Sería

como obligarlo a hacer cosas, cuando en realidad sólo podemos pedirle que las haga.

—¿Quién es esa persona que no paras de mencionar?

—En Ese Lugar lo llaman Aslan —repuso él.

—¡Qué nombre más curioso!

—Ni la mitad de curioso que él mismo —indicó Eustace en tono solemne—. Pero sigamos. No hará ningún daño pedirlo. Coloquémonos el uno al lado del otro, así. Y extendamos las manos con las palmas hacia abajo: como hicieron ellos en la Isla de Ramandu...

—¿La isla de quién?

—Ya te lo contaré en otra ocasión. Y a lo mejor le gustaría que miráramos al este. Veamos, ¿dónde está el este?

—No lo sé —respondió Jill.

—Resulta sorprendente que las chicas nunca sepáis dónde están los puntos cardinales —observó Eustace.

—Tampoco lo sabes tú —respondió ella, indignada.

—Sí que lo sé, sólo que no dejas de interrumpirme. Ya lo tengo. Ahí está el este, en dirección a los laureles. Bien, ¿repetirás las palabras después de mí?

—¿Qué palabras?

—Las palabras que voy a decir, claro —respondió él—. Ya... —Y empezó a repetir—: ¡Aslan, Aslan, Aslan!

—Aslan, Aslan, Aslan —repitió a su vez Jill.

—Por favor, déjanos entrar en...

En aquel momento se oyó una voz desde el otro lado del gimnasio que gritaba:

—¿Pole? Sí, sé dónde está: lloriqueando detrás del gimnasio. ¿Voy a buscarla?

Jill y Eustace intercambiaron una veloz mirada, se metieron bajo los laureles y empezaron a gatear por la empinada pendiente de tierra de la zona de arbustos a una velocidad muy meritoria por su parte, pues, debido a los curiosos métodos de enseñanza de la Escuela Experimental, uno no aprendía demasiado Francés, Matemáticas, Latín o cosas parecidas; pero sí aprendía cómo escabullirse de prisa y sin ruido cuando «ellos» te buscaban.

Tras gatear durante un minuto se detuvieron a escuchar, y supieron por los sonidos que les llegaron que los seguían.

—¡Si al menos la puerta volviera a estar abierta! —exclamó Scrubb mientras seguían adelante, y Jill asintió.

En la parte superior de la zona de matorrales había un muro de piedra muy alto y en la pared una puerta por la que se podía salir al páramo. Aquella puerta estaba casi siempre cerrada con llave, pero en determinadas ocasiones había aparecido abierta; o tal vez sólo había ocurrido una vez. Sin embargo, se puede imaginar cómo el recuerdo siquiera de una única vez hacía que los alumnos mantuvieran la esperanza y siguieran probando la puerta por si acaso; pues si por casualidad uno se la encontrara abierta sería un modo magnífico de salir del recinto de la escuela sin ser visto.

Jill y Eustace, muy acalorados y sucios por haber tenido que avanzar casi a gatas bajo los laureles, alcanzaron la pared jadeantes. Y allí estaba la puerta, cerrada como de costumbre.

—Seguro que no servirá de nada —declaró Eustace con la mano en la manilla; y a continuación—: ¡Caray! —Pues el picaporte giró y la puerta se abrió.

Un momento antes, ambos habían tenido la intención de cruzar aquel umbral a toda velocidad, si, por casualidad, se encontraban la puerta abierta. Sin embargo, cuando ésta se desplazó, los dos permanecieron inmóviles como estatuas de sal. Lo que veían era muy distinto de lo que habían esperado.

Habían esperado ver la ladera gris y cubierta de brezo del páramo ascendiendo sin pausa hasta unirse al nublado cielo otoñal, pero, en su lugar, un sol esplendoroso apareció ante ellos. Penetró por el umbral igual que la luz de un día de junio penetra en un garaje cuando se abre la puerta, e hizo que las gotas de agua de la hierba centellearan como cuentas de cristal a la vez que resaltaba la suciedad del rostro manchado por las lágrimas de Jill. Además, el sol provenía de lo que ciertamente parecía un mundo distinto; al menos lo que podían ver de él. Contemplaron una hierba lisa, más lisa y brillante que cualquier otra que la niña hubiera visto nunca, un cielo azul y, pasando veloces de un lado a otro, criaturas tan relucientes que podrían haber sido joyas o mariposas enormes.

A pesar de desear algo parecido, Jill se asustó. Miró la cara de su compañero y vio que también él tenía miedo.

—Adelante, Pole —dijo el niño con voz jadeante.

—¿Podemos regresar? ¿Es seguro? —inquirió ella.

En aquel momento una voz gritó a su espalda, una vocecita mezquina y malévola:

—Vamos, Pole —chirrió—. Todos sabemos que estás aquí. Baja de una vez.

Era la voz de Edith Jackle, no una de «ellos» exactamente, pero sí uno de sus satélites y soplones.

—¡Rápido! —dijo Scrubb—. Vamos. Tomémonos de la mano. No debemos separarnos.

Antes de que ella supiera exactamente qué sucedía, él la había agarrado de la mano y arrastrado al otro lado de la puerta, fuera de los terrenos de la escuela, fuera de Inglaterra, fuera de nuestro mundo y al interior de Ese Lugar.

La voz de Edith Jackle se cortó tan de repente como la voz en la radio cuando uno la apaga y, al instante, se oyó un sonido totalmente distinto alrededor de los dos niños, proveniente de aquellas criaturas brillantes que volaban sobre sus cabezas, que resultaron ser pájaros. Producían un sonido bullicioso, pero se parecía más a la música —una música moderna y atrevida que uno no entiende bien la primera vez que la oye— que al canto de los pájaros en nuestro mundo. Sin embargo, a pesar de los cantos, existía una especie de inmenso silencio de fondo. Aquel silencio, combinado con la frescura del aire, hizo pensar a Jill que debían de hallarse en lo alto de una montaña imponente.

Scrubb apresaba todavía su mano y avanzaban juntos, mirando a todas partes con asombro. Jill vio que árboles enormes, muy parecidos a cedros aunque más grandes, crecían en todas direcciones; pero debido a que no crecían muy pegados, y a que no había monte bajo, aquello no les impedía ver el interior del bosque a derecha e izquierda. Y hasta donde alcanzaba la vista de la niña, todo era muy parecido: hierba lisa, aves que volaban veloces como flechas con plumajes amarillos, azul libélula o de todos los colores del arco iris, sombras azules y soledad. No soplaba la me-

nor brisa en aquella atmósfera fresca y luminosa. Era un bosque muy solitario.

Justo al frente no había árboles; sólo cielo azul. Siguieron adelante sin hablar hasta que de improviso Jill oyó gritar a su compañero: «¡Cuidado!» y sintió que tiraban de ella hacia atrás. Estaban en el borde mismo de un farallón.

Jill era una de esas personas afortunadas que no padecen de vértigo, y no le importó en absoluto estar al borde de un precipicio. Por eso se sintió un tanto molesta con Scrubb por tirar de ella hacia atrás —«como si fuera una cría», se dijo—, y se desasió con violencia. Al ver lo pálido que se había quedado el niño, sintió un gran desprecio por él.

—¿Qué sucede? —inquirió.

Para demostrar que no sentía miedo, fue a colocarse muy cerca del borde; en realidad, mucho más cerca de lo que incluso a ella le habría gustado. Luego miró abajo.

Comprendió entonces que Scrubb tenía una cierta excusa para palidecer, pues ningún precipicio en nuestro mundo podía compararse a aquello. Intenta imaginar que estás en el acantilado más alto que conozcas, luego imagina que miras al fondo y a continuación imagina que el precipicio sigue descendiendo aún más, mucho más abajo, diez veces, veinte veces más abajo. Y después de haber contemplado toda esa distancia imagina cositas blancas que podrían confundirse a primera vista con ovejas, pero que en seguida se distingue que son nubes —no pequeñas espirales de neblina sino nubes enormes, blancas e hinchadas que en sí mismas son tan grandes como la mayoría de montañas. Y por fin, entre aquellas nubes, ves la superficie, un suelo tan lejano que no puedes apreciar si se trata de un campo, un bosque, tierra o agua: mucho más abajo de esas nubes de lo que tú te encuentras por encima de ellas.

Jill lo contempló con fijeza y, a continuación, se dijo que tal vez, después de todo, podría apartarse un paso o dos del borde, pero no le apetecía hacerlo por temor a lo que pudiera pensar Scrubb. Entonces, repentinamente, decidió que no le importaba lo que él pensara, y que sería mejor que se apartara de aquel precipicio tremendo y no volviera a reírse jamás de nadie por temer a las alturas. Sin embargo, cuando intentó moverse, descubrió que no podía; sus piernas parecían haberse convertido en masilla y todo daba vueltas ante sus ojos.

—¿Qué haces, Pole? Retrocede... ¡no seas tonta! —gritó Scrubb.

Pero su voz parecía venir de muy lejos. Notó que el niño la asía; pero para entonces carecía de control sobre sus brazos y piernas. Se produjo un breve forcejeo al borde del precipicio. Jill estaba demasiado asustada y mareada para saber exactamente qué hacía, pero hubo dos cosas que sí recordó mientras vivió, y a menudo regresaban a ella en sus sueños. Una fue que se había liberado de las garras del niño; la otra fue que, en ese mismo instante, Eustace, con un alarido de terror, perdió el equilibrio y se precipitó al abismo.

Afortunadamente, no tuvo tiempo de reflexionar sobre lo que había hecho, porque un animal enorme de color brillante se había precipitado al borde del acantilado. El ser estaba agachado, inclinado sobre el margen, y (aquello era lo curioso) soplaba. No rugía ni bufaba, sino que soplaba con las enormes fauces abiertas; lo hacía con la misma regularidad con la que aspira un aspirador. Jill estaba tan cerca de la criatura que percibía como vibraba su aliento de un modo continuo por todo su cuerpo, y yacía totalmente inmóvil, porque no podía alzarse. Sentía como si estuviera a punto de desmayarse; a decir verdad, deseaba poder desmayarse realmente, pero los desmayos no aparecen sólo con desearlo. Por fin distinguió, muy por debajo de donde estaba, un diminuto punto negro que flotaba alejándose del precipicio y ascendía ligeramente. A medida que ascendía, también

se alejaba, y para cuando estuvo casi a la altura de la cima del acantilado estaba tan lejos que la niña lo perdió de vista. Era evidente que se alejaba de ellos a gran velocidad y Jill no pudo evitar pensar que la criatura situada junto a ella lo estaba empujando lejos con sus soplidos.

Se volvió, pues, y miró a la criatura. Era un león.

CAPÍTULO 2

Una tarea para Jill

Sin dedicar ni una mirada a la niña, el león se puso en pie y lanzó un último soplido. Luego, como si se sintiera satisfecho de su trabajo, se dio la vuelta y se alejó lentamente con paso majestuoso, de vuelta al interior del bosque.

—Tiene que ser un sueño, tiene que serlo, tiene que serlo —se dijo Jill—. Despertaré en cualquier momento.

Pero no lo era, y no despertó.

—Ojalá no hubiéramos venido nunca a este lugar espantoso —siguió la niña—. No creo que Scrubb supiera más de él de lo que sé yo. O si lo sabía, no tenía derecho a traerme aquí sin advertirme de cómo era. No es culpa mía que se cayera por el precipicio. Si me hubiera dejado tranquila a ninguno de los dos nos habría pasado nada.

Entonces volvió a recordar el alarido que Scrubb

había lanzado, y se echó a llorar. En cierto modo, llorar está muy bien mientras dura; pero uno tiene que parar tarde o temprano, y entonces hay que decidir qué hacer. Cuando Jill dejó de llorar, descubrió que sentía una sed terrible. Estaba tumbada boca abajo así que se incorporó. Los pájaros habían dejado de cantar y había un silencio absoluto a excepción de un sonido débil pero persistente, que parecía provenir de muy lejos. Escuchó con atención, y se sintió casi segura de que era el sonido de una corriente de agua.

Se puso en pie y paseó la mirada a su alrededor con suma atención. No se veía ni rastro del león; pero había tantos árboles por allí que fácilmente podía estar muy cerca sin que ella lo viera. Por lo que sabía, podía haber varios leones. De todos modos, la sensación de sed era muy fuerte ya, así que se armó de valor para ir en busca del agua. Caminó de puntillas, escabulléndose sigilosamente de árbol en árbol, y deteniéndose para atisbar a su alrededor a cada paso.

El bosque estaba tan silencioso que no fue difícil decidir de dónde provenía el sonido. Resultaba más nítido por momentos y, antes de lo que esperaba, llegó a un claro despejado y vio el arroyo, brillante como el cristal, discurriendo sobre la hierba a un paso de ella. Pero aunque la visión del agua la hizo sentirse diez veces más sedienta que antes, no corrió al frente y bebió, sino que se quedó tan inmóvil como si se hubiera convertido en piedra, boquiabierta. Tenía una buena razón para ello; justo en aquel lado del arroyo estaba tumbado el león.

Estaba echado con la cabeza erguida y las dos patas delanteras extendidas ante él, igual que los leones de Trafalgar Square en Londres, y la niña supo de inmediato que el animal la había visto, ya que sus ojos miraron directamente a los suyos durante un instante y luego se desviaron; como si la conociera bien y no le tuviera demasiada estima.

«Si echo a correr, me perseguirá al momento —pensó ella—. Y si sigo adelante, iré a parar directamente a sus fauces.»

De todos modos, no habría podido moverse aunque lo hubiera intentado, y tampoco podía apartar los ojos de él. Cuánto duró aquello, no estuvo segura, aunque le pareció que transcurrían horas. Y la sed empeoró tanto que casi pensó que no le importaría que el león se la comiera si al menos pudiera estar segura de tomar un buen trago de agua antes.

—Si tienes sed, puedes beber.

Eran las primeras palabras que oía desde que Scrubb le había hablado en el borde del precipicio, y por un momento miró con asombro a un lado y a otro, preguntándose quién había hablado. Entonces la voz volvió a decir:

—Si tienes sed, ven y bebe.

Y desde luego, recordó lo que había dicho Scrubb sobre los animales que hablaban en aquel otro mundo, y comprendió que era el león quien lo había hecho. De todos modos, había visto como se movían sus labios en aquella ocasión, y la voz no se parecía a la de un hombre. Era más profunda, salvaje y potente; una especie de voz intensa y dorada. No hizo que se sintiera menos asustada que antes, pero sí que su miedo fuera distinto.

—¿No tienes sed? —preguntó el león.

—Me muero de sed —respondió Jill.

—Entonces bebe.

—Puedo... podría... ¿te importaría alejarte mientras lo hago? —inquirió ella.

El león se limitó a responder con una mirada y un gruñido sordo. Y mientras contemplaba su mole inmóvil, Jill comprendió que era como si hubiera pedido a toda la montaña que se apartara para su propia conveniencia.

El delicioso borboteo del arroyo empezaba a ponerla frenética.

—¿Me prometerás no... no hacerme nada, si me acerco? —preguntó.

—Yo no hago promesas —respondió el león.

Tenía tanta sed ya que, sin darse cuenta, la niña había dado un paso al frente.

—¿Comes chicas? —quiso saber.

—Me he tragado chicas, chicos, mujeres, hombres, reyes, emperadores, ciudades y reinos —declaró él.

Aunque no lo dijo como si presumiera de ello, lo sintiera o estuviera enojado. Sencillamente lo afirmó.

—No me atrevo a acercarme a beber.

—En ese caso morirás de sed —dijo el león.

—¡Cielos! —exclamó Jill, dando otro paso más—. Supongo que tendré que ir a buscar otro arroyo.

—No hay ningún otro arroyo.

Jill no dudó de las palabras del león —nadie que haya contemplado su rostro severo puede hacerlo— y de repente tomó una decisión. Fue el peor dilema al que se había enfrentado jamás, pero se acercó al arroyo, se arrodilló y empezó a tomar agua con la mano. Era el agua más fría y reconfortante que había probado nunca, y no era necesario beber gran cantidad, porque aplacaba la sed al instante. Antes de probarla su intención había sido apartarse corriendo del león en cuanto hubiera terminado de beber; pero entonces comprendió que aquello sería, en realidad, lo más peligroso. Se puso en pie y se quedó allí quieta con los labios húmedos aún por el agua.

—Ven aquí —dijo el león.

Y ella tuvo que hacerlo. Estaba casi entre sus patas delanteras, mirándolo directamente al rostro; pero no pudo soportar aquello por mucho tiempo, y bajó los ojos.

—Niña humana —la llamó el león—, ¿dónde está el muchacho?

—Cayó por el acantilado —respondió ella, y añadió—, señor.

No sabía de qué otro modo llamarlo, y le parecía poco educado no llamarlo de ningún modo.

—¿Cómo le sucedió eso, niña humana?

—Intentaba impedir que me cayera, señor.

—¿Por qué estabas tan cerca del borde, niña humana?

—Alardeaba, señor.

—Muy buena respuesta, niña humana, pero no lo hagas más. Y ahora escucha. —En ese punto el rostro del león adquirió por primera vez un aspecto menos severo—: El niño está a salvo. Lo he enviado de un soplo a Narnia. Pero tu tarea será la más difícil debido a lo que has hecho.

—Por favor, ¿qué tarea es, señor? —quiso saber Jill.

—La tarea para la que os saqué a ti y a él de vuestro mundo.

Aquello desconcertó en gran medida a la niña. «Me confunde con otra persona», pensó; pero no se atrevió a decírselo al león, aunque sentía que las cosas se embrollarían terriblemente si no lo hacía.

—Di lo que piensas, niña humana —dijo el león.

—Me preguntaba si..., quiero decir... ¿no podría ser un error? Porque nadie nos llamó ni a Scrubb ni a mí, ¿sabe? Fuimos nosotros los que pedimos venir aquí. Scrubb dijo que había que llamar a... alguien... era un nombre que yo no conocía... y tal vez ese alguien nos dejara entrar. Y lo hicimos, y entonces encontramos la puerta abierta.

—No me habríais llamado a menos que yo os hubiera estado llamando —indicó el león.

—Entonces ¿usted es ese alguien, señor?

—Sí. Y ahora escucha tu misión. Muy lejos de aquí, en el país de Narnia, vive un rey anciano que está triste porque no tiene ningún príncipe de su sangre que pueda ser rey después de él. No tiene heredero porque le robaron a su único hijo hace muchos años, y nadie en Narnia sabe adónde fue ese príncipe ni si sigue todavía vivo. Pero lo está. Esto es lo que te ordeno: busca al príncipe perdido hasta que lo hayas encontrado y conducido a la casa de su padre, o bien hayas muerto en el intento o bien hayas regresado a tu mundo.

—¿Cómo, por favor?

—Te lo diré, niña —respondió el león—. Éstas son las indicaciones mediante las que te guiaré en tu búsqueda. Primera: en cuanto el pequeño Eustace ponga el pie en Narnia, se encontrará con un viejo amigo muy querido. Debe saludar a ese amigo de inmediato; si lo hace, los dos recibiréis una buena ayuda. Segunda: debéis viajar fuera de Narnia en dirección norte hasta que lleguéis a la ciudad en ruinas de los antiguos gigantes. Tercera: encontraréis una cosa escrita en una piedra en esa ciudad en ruinas, y tenéis que hacer lo que diga allí. Cuarta: si lo halláis reconoceréis al príncipe perdido por esto: será la primera persona que encontréis en vuestro viaje que os pida que hagáis algo en mi nombre, en el nombre de Aslan.

Puesto que el león parecía haber terminado, Jill pensó que debía contestar algo; así que dijo:

—Muchas gracias, ya lo entiendo.

—Niña —dijo Aslan, en una voz más dulce de la que había usado hasta entonces—, puede que no lo entiendas tan bien como crees. Pero el primer paso es recordar. Repíteme, por orden, las cuatro señales.

Jill lo intentó, y no lo hizo del todo bien. Así que el león la corrigió, y se las hizo repetir una y otra vez hasta que pudo enumerarlas a la perfección. El león se mostró muy paciente respecto a aquello, de modo que cuando terminó, Jill se armó de valor para preguntar:

—Por favor, ¿cómo llegaré a Narnia?

—Mediante mi aliento —respondió él—. Te enviaré al oeste del mundo de un soplo, como hice con Eustace.

—¿Lo alcanzaré a tiempo de darle la primera indicación? Aunque supongo que no importará. Si ve a un viejo amigo, seguro que irá a hablar con él, ¿no es cierto?

—No tienes tiempo que perder —indicó el

león—. Por eso debo enviarte de inmediato. Ven. Anda por delante de mí hasta el borde del precipicio.

Jill recordaba perfectamente que si no había tiempo que perder, era por su propia culpa. «Si no hubiera hecho el ridículo de ese modo, Scrubb y yo habríamos ido juntos. Y él habría escuchado todas las instrucciones igual que yo», pensó. Así que hizo lo que le decían. Resultaba muy inquietante regresar al borde del precipicio, en especial porque el león no andaba a su lado sino detrás de ella, sin hacer ruido con sus blandas patas.

Pero mucho antes de que estuviera cerca del borde, la voz a su espalda dijo:

—Quédate quieta. Dentro de un momento soplaré. Pero primero, recuerda, recuerda, recuerda las señales. Repítelas cuando despiertes por la mañana y cuando te acuestes por la noche, y cuando despiertes en mitad de la noche. Y por extrañas que sean las cosas que puedan sucederte, no dejes que nada distraiga tu mente de seguir las indicaciones. Y en segundo lugar, te hago la siguiente advertencia. Aquí en la montaña te he hablado con claridad: no lo haré a menudo en Narnia. Aquí en la montaña, el aire es limpio y tu mente está despejada; cuando desciendas al interior de Narnia, el aire se espesará. Ten cuidado de que no aturda tu mente. Y las señales que has memorizado aquí no tendrán en absoluto el aspecto que esperas que tengan cuando las encuentres allí. Por eso es tan importante saberlas de memoria y no prestar atención a las apariencias. Recuerda las indicaciones y cree en ellas. Nada más importa. Y ahora, Hija de Eva, adiós...

La voz se había ido apagando hacia el final del discurso hasta que se desvaneció por completo. Jill miró a su espalda. Con total asombro por su parte descubrió que el precipicio se encontraba ya a más de cien metros por detrás de ella, y que el mismo león no era más que un punto de brillante color dorado en su borde. Había apretado los dientes y los puños a la espera de una terrible ráfaga de aliento leonino; pero el soplo había sido en realidad tan suave que ni siquiera había advertido el momento en que abandonaba el suelo. Y ahora no había más que aire a lo largo de miles y miles de metros bajo sus pies.

Sintió miedo sólo durante un segundo. Por una parte, el mundo situado a sus pies se encontraba tan lejos que no parecía tener nada que ver con ella. Por otra parte, flotar impelida por el aliento del león resultaba sumamente agradable. Descubrió que podía tumbarse de espaldas o de cara y dar vueltas y cabriolas, igual que se puede hacer en el agua (si uno ha aprendido a flotar realmente bien). Y debido a que se movía al mismo ritmo que el aliento, no soplaba viento y el aire parecía deliciosamente cálido. No se parecía en nada a estar en un avión, pues no había ni ruido ni vibración. Si Jill hubiera estado alguna vez en un globo podría haber pensado que se parecía más a eso; sólo que mejor.

Al volver la cabeza para mirar pudo abarcar por primera vez el tamaño auténtico de la montaña que abandonaba, y se preguntó por qué una montaña tan enorme como aquélla no estaba cubierta de nieve y hielo; «Supongo que todas esas cosas son distintas en este mundo», pensó. A continuación miró a sus pies; pero estaba a tal altura que no podía distinguir si flotaba sobre tierra o mar, ni a qué velocidad iba.

—¡Diantre! ¡Las señales! —exclamó de improviso—. Será mejor que las repita.

Fue presa del pánico por unos segundos, pero descubrió que aún podía enumerarlas todas correctamente.

—Perfecto —dijo, y se recostó en el aire como si fuera un sofá, con un suspiro de satisfacción.

—Válgame Dios —murmuró para sí unas cuantas horas más tarde—. He estado durmiendo. ¡Mira que dormirse en el aire! Me gustaría saber si alguien lo ha hecho antes. No creo que lo haya hecho nadie. ¡Maldita sea, Scrubb probablemente sí! En este mismo viaje, un poco antes que yo. Veamos qué aspecto tiene lo de ahí abajo.

El aspecto que tenía era el de una enorme llanura de un azul muy oscuro. No se veían colinas, pero había unas enormes cosas blancas moviéndose despacio a través de ella. «Ésas deben de ser nubes —pensó—, pero muchísimo más grandes que las que vimos desde el precipicio. Imagino que son más grandes porque están más cerca. Sin duda estoy descendiendo. Maldito sol.»

El sol, que estaba en lo alto, sobre su cabeza, cuando inició el viaje, empezaba a darle en los ojos, lo que significaba que se hallaba cada vez más bajo, por delante de ella. Scrubb tenía bastante razón al decir que Jill (no sé si se puede aplicar a todas las chicas en general) no tenía demasiada idea sobre los puntos cardinales, pues de lo contrario, cuando el sol empezó a darle en los ojos habría sabido, que viajaba hacia el oeste.

Fijó la mirada en la llanura azul situada por debajo de ella y, finalmente, observó que había puntitos de un color más brillante y pálido aquí y allá. «¡Es el mar! —pensó—. Creo que eso son islas.» Y desde luego que lo eran. Tal vez se hubiera sentido algo celosa de haber sabido que algunas de ellas eran islas que Scrubb había contemplado desde la cubierta de un barco y en las que incluso había desembarcado; pero no lo sabía. Luego, más adelante, empezó a ver diminutos pliegues en la superficie azul: pequeñas arrugas que debían de ser olas oceánicas de un tamaño considerable si uno se encontraba allí abajo entre ellas. A continuación, a lo largo de toda la línea del horizonte apareció un oscuro trazo grueso que se fue tornando más grueso y más oscuro a tal velocidad que se podía ver cómo crecía. Fue el primer indicio que tuvo de la gran velocidad a la que viajaba. Y comprendió que el trazo cada vez más grueso debía de ser tierra firme.

De improviso, de su izquierda (pues el viento soplaba del sur) surgió una nube enorme que se abalanzó sobre ella, en esa ocasión a su misma altura. Y antes de que supiera dónde estaba, había ido a parar justo en medio de su bruma fría y húmeda. Aquello la dejó sin aliento, aunque permaneció en su interior sólo un instante. Salió a la luz solar parpadeando y descubrió que tenía la ropa mojada. (Llevaba puestos un blazer, un suéter, unos pantalones cortos, calcetines y unos zapatos muy gruesos; había hecho un día de perros en su mundo.) Salió más abajo de lo que había entrado; y en cuanto lo hizo advirtió algo que, supongo, debería haber esperado, pero que le llegó como una sorpresa. Era el ruido. Hasta aquel momento había viajado en un silencio total, y, ahora, por primera vez, escuchaba el sonido de las olas y los gritos de las gaviotas. Al mismo tiempo, olía el olor del mar. Ya no cabía la menor duda sobre la velocidad a la que viajaba en aquellos momentos. Vio cómo se unían dos olas con un violento en-contronazo y el chorro de espuma que se alzaba entre ellas; pero apenas tuvo tiempo de contem-plarlo antes de que quedara a más de cien metros a su espalda.

La tierra se acercaba rauda. Distinguió monta-ñas tierra adentro, y otras montañas más próxi-

mas a su izquierda; también vio bahías y cabos, bosques y campos, tramos de playas de arena. El sonido de las olas al estrellarse contra la orilla aumentaba a cada segundo y ahogaba otros sonidos marinos.

De repente la tierra se abrió justo frente a ella. Se acercaba a la desembocadura de un río. Estaba muy baja ya, apenas a unos metros por encima del agua. La parte superior de una ola chocó contra la punta de su pie y un gran surtidor de espuma ascendió hacia ella, empapándola casi hasta la cintura. Perdía velocidad y en lugar de verse transportada río arriba se deslizaba hacia la orilla del río situada a su izquierda.

Había tantas cosas que observar que apenas pudo percibirlas todas; un césped suave y verde, un barco de colores tan brillantes que parecía una joya, torres y almenas, estandartes que ondeaban al viento, una multitud, ropas vistosas, armaduras, oro, espadas, el sonido de la música. Pero todo aparecía revuelto. Lo primero que distinguió con claridad fue que había aterrizado y estaba de pie en un bosquecillo cercano a la orilla del río, y allí, apenas a unos pocos metros de distancia, estaba Scrubb.

Lo primero que pensó fue lo sucio, desaliñado y en general insignificante que parecía. Lo segundo fue «¡Qué mojada estoy!».

CAPÍTULO 3

El rey se hace a la mar

Lo que hacía que Scrubb pareciera tan desaliñado —y también Jill, de haberse podido ver— era el esplendor de lo que los rodeaba, que me apresuraré a describir.

A través de una hendidura en aquellas montañas que Jill había visto a lo lejos, muy al interior, mientras se aproximaba a tierra firme, la luz de la puesta de sol se derramaba sobre un césped uniforme. En el extremo más alejado del césped, con las veletas centelleando bajo la luz, se alzaba un castillo de innumerables torres y torreones; el castillo más hermoso que Jill hubiera visto nunca. A un lado había un muelle de mármol blanco y, atracado en él, el barco: un barco alto con un castillo de proa elevado y una toldilla también elevada, de color dorado y carmesí, con una gran bandera en el tope del mástil, e innumerables estandartes ondeando desde las cubiertas, junto con una hilera de escudos, brillantes como si fueran de plata, dispuestos a lo largo de la borda. Tenía la pasarela colocada, y al pie de ésta, a punto para subir a bordo, había un hombre terriblemente anciano, ataviado con una capa de color escarlata que se abría al frente para dejar al descubierto la cota de malla de plata. Llevaba un fino aro de oro alrededor de la cabeza y su barba, blanca como la lana, le caía casi hasta la cintura. Se mantenía bastante erguido, con una mano apoyada en el hombro de un noble magníficamente ataviado que parecía más joven de lo que era, aunque se podía advertir que también era muy anciano y frágil. Parecía como si un soplo de aire pudiera derribarlo y tenía los ojos llorosos.

Justo frente al monarca —que había girado para hablar a sus súbditos antes de subir a bordo— había un pequeño carrito y, enjaezado a él, un asno pequeño: no mucho mayor que un perro perdiguero grande. En aquel carrito estaba sentado un enano gordo. Iba vestido tan magníficamente como el rey, pero debido a su gordura y a que estaba encorvado entre almohadones, el efecto era bastante distinto: daba la impresión de ser un fardo informe de pieles, sedas y terciopelos. Era tan viejo como el rey, pero más fuerte que un roble, con una vista muy aguda. Su cabeza desnuda, que era calva y sumamente grande, relucía como una bola de billar gigante bajo la luz del atardecer.

Algo más atrás, en un semicírculo, estaban lo que Jill comprendió al instante que eran cortesanos; eran todos dignos de contemplar aunque sólo fuera por sus ropas y armaduras. En realidad, parecían más un arriate de flores que una multitud. Pero lo que realmente hizo que a la niña se le desorbitaran los ojos y se quedara boquiabierta fue la gente en sí; si es que «gente» era la palabra correcta. Pues sólo uno de cada cinco era humano. El resto eran seres que no se ven nunca en nuestro mundo. Faunos, sátiros, centauros: Jill únicamente pudo dar nombre a éstos, ya que había visto dibujos de ellos. También había enanos. Se veían gran cantidad de animales que también conocía; osos, tejones, topos, leopardos, ratones y varias clases de pájaros. Sin embargo, eran muy diferentes de los animales a los que damos esos nombres en nuestro mundo. Algunos eran mucho más grandes; los ratones, por ejemplo, se sostenían sobre las patas traseras y medían más de sesenta centímetros. Pero aparte de eso, todos tenían un aspecto distinto. Se advertía por las expresiones de sus rostros que podían hablar y pensar igual que cualquiera de nosotros.

«¡Cáspita! —pensó Jill—. De modo que es cierto.» Pero al cabo de un momento añadió: «Me gustaría saber si son de buena pasta». Pues acababa de detectar, en la parte más apartada de la multitud, a uno o dos gigantes y a algunas criaturas que no reconocía.

Entonces Aslan y las indicaciones regresaron precipitadamente a su memoria, pues se había olvidado de todo durante la última media hora.

—¡Scrubb! —musitó, sujetándolo del brazo—. ¡Scrubb, rápido! ¿Ves a alguien que conozcas?

—Vaya, así que has vuelto a aparecer, ¿eh? —respondió él en tono desagradable (tenía motivos para estar enojado)—. Bueno, pues quédate callada, ¿quieres? Intento escuchar.

—No seas idiota —dijo Jill—. No hay un momento que perder. ¿No ves algún viejo amigo aquí? Porque tienes que ir a hablar con él al instante.

—¿De qué estás hablando? —inquirió el niño.

—Se trata de Aslan, el león, dice que tienes que hacerlo —respondió ella con desesperación—. Lo he visto.

—¿Lo has visto? ¿En serio? ¿Qué dijo?

—Dijo que la primera persona con quien te encontraras en Narnia sería un viejo amigo, y que tenías que hablarle al instante.

—Bueno, pues no hay nadie aquí a quien haya visto nunca antes; y de todos modos, no sé si esto es Narnia.

—Creía que habías estado aquí antes.

—Bueno, pues creíste mal.

—¡Vaya, eso me gusta! Me dijiste...

—¡Por el amor de Dios, cállate y oigamos lo que dicen!

El rey hablaba al enano, pero Jill no conseguía oír lo que decía. Y, hasta donde pudo discernir, el enano no respondía, aunque asentía y meneaba mucho la cabeza. Entonces el monarca elevó la voz y se dirigió a toda la corte: pero su voz era tan anciana y quebradiza que no entendió gran cosa de su discurso; especialmente debido a que hablaba de gente y lugares que ella jamás había oído mencionar.

Finalizado el discurso, el rey se inclinó y besó al enano en ambas mejillas. Se irguió, alzó la mano derecha como si impartiera su bendición y ascendió despacio y con pasos débiles por la pasarela y a bordo de la nave. Los cortesanos parecían muy conmovidos por su partida, pues sacaron pañuelos y se oyeron sollozos en todas direcciones. Retiraron la pasarela, sonaron las trompetas desde la toldilla y el barco se alejó del muelle. En realidad lo arrastraba un bote de remos, pero Jill no lo vio.

—Bien... —empezó a decir Scrubb, pero no siguió, porque en aquel momento un voluminoso objeto blanco —Jill pensó por un segundo que se trataba de una cometa— apareció deslizándose por el aire y se posó ante ellos. Se trataba de un búho de color blanco, pero tan alto como un enano.

El ave pestañeó y entornó los ojos como si fuera miope, luego ladeó ligeramente la cabeza y dijo en una voz suave y ligeramente ululante:

—¡Uhú, uhú! ¿Quiénes sois?

—Yo me llamo Scrubb, y ésta es Pole —dijo Eustace—. ¿Te importaría decirnos dónde estamos?

—En el país de Narnia, en el castillo del rey en Cair Paravel.

—¿Era el rey el que acaba de partir en barco?

—Así es, así es —respondió el búho con voz entristecida, meneando la enorme cabeza—. Pero ¿quiénes sois? Hay algo mágico en vosotros dos. Os vi llegar: *volabais*. Todos los demás estaban tan ocu-

pados despidiendo al rey que nadie se dio cuenta. Excepto yo. Dio la casualidad de que os vi, y volabais.

—Aslan nos ha enviado aquí —respondió Eustace en voz baja.

—¡Uhú, uhú! —exclamó el búho, erizando las plumas—. ¡No me digáis esas cosas, a una hora tan temprana de la tarde! Me superan; no estoy en plenas facultades hasta que ha descendido el sol.

—Y se nos ha enviado a encontrar a un príncipe perdido —intervino Jill, que aguardaba ansiosamente poder tomar parte en la conversación.

—¡Primera noticia! —dijo Eustace—. ¿Qué príncipe?

—Será mejor que vengáis y habléis con el Lord Regente de inmediato —dijo el ave—. Es ése, allí, en el carruaje tirado por el asno; el enano Trumpkin. —El pájaro se dio la vuelta y empezó a conducirlos hacia allí, murmurando para sí—. ¡Uh! ¡Uhú! ¡Vaya jaleo! No puedo pensar con claridad todavía. Es demasiado temprano.

—¿Cómo se llama el rey? —preguntó Eustace.

—Caspian décimo —respondió el búho.

Jill se preguntó por qué Eustace se habría detenido de golpe y adquirido aquel color tan curioso. Se dijo que jamás lo había visto con aquel aspecto tan enfermizo. Sin embargo, antes de que tuviera tiempo de hacer preguntas ya habían alcanzado al enano, que recogía las riendas del asno y se preparaba para regresar al castillo. La muchedumbre de cortesanos se había disuelto y marchaba en la misma dirección, de uno en uno, de dos en dos o en pequeños grupos, como la gente que se va después de presenciar un partido o una carrera.

—¡Uhú! ¡Ejem! Lord Regente —dijo el búho, inclinándose un poco y colocando el pico cerca de la oreja del enano.

—¡Eh! ¿Qué sucede? —inquirió éste.

—Dos forasteros, milord —indicó el ave.

—¡Rastreros! ¿Qué quieres decir? —preguntó el enano—. Yo veo dos cachorros humanos extraordinariamente sucios. ¿Qué quieren?

—Me llamo Jill —se presentó la niña, adelantándose presurosa, pues se moría de ganas de explicar el importante asunto para el que habían ido a Narnia.

—La chica se llama Jill —dijo el búho, tan alto como pudo.

—¿Qué dices? —inquirió el enano—. ¿Que en vez de una chica hay mil? No me creo una palabra. ¿Dónde ves tú mil chicas?

—Sólo hay una, milord —respondió el búho—. Se llama Jill.

—Habla más fuerte, habla más fuerte —indicó el enano—. No te quedes ahí cuchicheando y gorjeando en mi oído. ¿Dónde se han metido las demás?

—No hay nadie más —ululó el ave.

—¿Cómo?

—¡NO HAY NADIE MÁS!

—De acuerdo, de acuerdo. No tienes que gritar. No estoy tan sordo. Y ¿por qué vienes a decirme que no hay nadie? ¡Menuda noticia tan tonta!

—Será mejor que le digas que soy Eustace —indicó Scrubb.

—El chico es Eustace, milord —ululó el búho tan alto como pudo.

—¿Llega tarde? —dijo el enano, irritado—. Ya lo creo que sí. Pero ¿es ése un motivo para traerlo a la corte? ¿Eh?

—No llega tarde —insistió el búho—. ES EUS-TACE.

—¿Siempre lo hace? Os aseguro que no sé de qué estáis hablando. Os diré lo que sucede, maese Plumabrillante: cuando yo era un enano joven había bestias «parlantes» en este país que realmente sabían hablar. No emitían todos estos farfulleos, murmullos y susurros. No se habría tolerado ni por un segundo. Ni por un momento, señor mío. Urnus, mi trompetilla, por favor...

Un fauno pequeño que había permanecido en silencio junto al enano todo aquel tiempo le entregó entonces una trompetilla de plata. Estaba construida igual que el instrumento musical denominado serpentón, de modo que el tubo se arrollaba alrededor del cuello del enano. Mientras se lo acomodaba, el búho, Plumabrillante, dijo de improviso a los niños en un susurro:

—Ahora empiezo a pensar con más claridad. No digáis nada sobre el príncipe perdido. Os lo explicaré más tarde. No serviría de nada, de nada... ¡Uhú! ¡Vaya lío!

—Ahora —dijo el enano— si tenéis algo sensato que decir, maese Plumabrillante, intentad manifestarlo. Aspirad con fuerza y no habléis demasiado rápido.

Con la ayuda de los niños, y a pesar de un ataque de tos por parte del enano, Plumabrillante explicó que a los forasteros los había enviado Aslan a visitar la Corte de Narnia. El enano alzó rápidamente la mirada hacia ellos con una nueva expresión en los ojos.

—Enviados por el león directamente, ¿eh? —dijo—. Y desde... mm... desde el Otro Lugar... Más allá del fin del mundo, ¿no?

—Sí, milord —berreó Eustace en la trompetilla.

—Un Hijo de Adán y una Hija de Eva, ¿eh? —siguió el enano.

Pero los alumnos de la Escuela Experimental no habían oído hablar de Adán y Eva, de modo que Jill y Eustace no pudieron responder a aquello, aunque el enano no pareció advertirlo.

—Bien, queridos —dijo, tomando primero a uno y luego al otro de la mano e inclinando un poco la cabeza—. Se os da la bienvenida de todo corazón. Si el buen rey, mi pobre señor, no acabara de zarpar en dirección a las Siete Islas, se habría sentido complacido con vuestra llegada. Le habría devuelto la juventud por un momento... por un momento. Y ahora, ya es hora de cenar. Ya me contaréis qué os trae aquí mañana por la mañana en el consejo. Maese Plumabrillante, ocupaos de que se faciliten aposentos, ropas apropiadas y todo lo demás a estos invitados del modo más honorable. Y... Plumabrillante... permite que te diga al oído...

En aquel punto el enano acercó la boca a la cabeza del búho y, sin duda, su intención era susurrar, pero, como hacen las personas sordas, no era muy buen juez de su propia voz, y los dos niños lo oyeron gritar:

—Ocúpate de que les den un buen baño.

Después de aquello, el enano dio un golpecito con el látigo al asno y éste se puso en marcha en dirección al castillo a un paso que estaba entre un

55

trote y un anadeo —era un animalito muy rechoncho—, en tanto que el fauno, el búho y los niños lo seguían a un paso bastante más lento. El sol se había puesto y empezaba a refrescar.

Cruzaron el césped y luego un manzanal y fueron a parar a la Puerta Norte de Cair Paravel, que estaba abierta de par en par. En el interior encontraron un patio cubierto de hierba. Se veían ya luces en las ventanas de la gran sala situada a su derecha y en una masa de edificios más complejos situados justo al frente. El búho condujo a los niños al interior de éstos, y allí se llamó a una persona de lo más encantadora para que se ocupara de Jill. Ésta no era mucho más alta que la niña, y sí mucho más delgada, aunque evidentemente desarrollada, grácil como un sauce y con los cabellos ondulantes, también como las ramas de un sauce, y con algo que parecía musgo en ellos.

La muchacha condujo a Jill a una habitación redonda de uno de los torreones, en la que había una pequeña bañera hundida en el suelo, un fuego de maderas perfumadas ardiendo en el hogar y una lámpara que colgaba del techo mediante una cadena de plata. La ventana daba al oeste del curioso país de Narnia, y Jill vio los restos rojos de la puesta de sol brillando todavía tras las lejanas montañas. El espectáculo le hizo anhelar más aventuras y sentirse segura de que aquello no era más que el principio.

Tras haberse bañado, cepillado el pelo y puesto las prendas que habían elegido para ella —eran de esas que, además de producir una sensación agradable, resultan bonitas, huelen bien y emiten un sonido delicioso cuando uno se mueve—, estaba dispuesta a mirar de nuevo por aquella emocionante ventana, pero la interrumpió un golpe en la puerta.

—Adelante —dijo.

Y entró Scrubb en la habitación, también recién bañado y ataviado espléndidamente con ropas narnianas; aunque por su expresión no parecía muy complacido.

—Vaya, aquí estás, ¡por fin! —declaró de malhumor, dejándose caer en una silla—. Hace una barbaridad que te estoy buscando.

—Bueno, pues ya me has encontrado. Oye, Scrubb, ¿no te parece todo esto tan emocionante y fabuloso que es imposible expresarlo con palabras?

La niña había olvidado momentáneamente todo lo referente a las señales y al príncipe perdido.

—¡Ah! ¿Conque te parece emocionante? —repuso él: y luego, tras una pausa, siguió—: Pues yo desearía que no hubiéramos venido.

—¿Por qué?

—No puedo soportarlo —respondió él—. Eso de ver al rey... a Caspian... como un viejo chocho. Es... es espantoso.

—¿Por qué, qué tiene que ver contigo?

—Tú no lo comprendes. Y ahora que lo pienso bien, no lo entenderías por mucho que te lo explicara. No te he dicho que este mundo tiene un tiempo distinto del nuestro.

—¿A qué te refieres?

—El tiempo que uno pasa aquí no ocupa nada de nuestro tiempo. ¿Me explico? Quiero decir, por mucho tiempo que estemos aquí, seguiremos regresando a la escuela justo en el mismo instante en que la dejamos...

—¡Pues vaya gracia!

—¡Haz el favor de callarte! Deja de interrumpir, ¿quieres? Y cuando regresemos a Inglaterra, a nuestro mundo, no sabremos cómo transcurrirá el tiempo aquí. Podría transcurrir cualquier cantidad de años en Narnia mientras para nosotros transcurre un año en casa. Los Pevensie me lo explicaron pero se me olvidó. ¡Soy un desastre! Y ahora al parecer han pasado unos setenta años... años narnianos... desde la última vez que estuve aquí. ¿No lo comprendes? Y he vuelto para encontrar a Caspian convertido en un anciano.

—Entonces ¡el rey era un viejo amigo tuyo!
—exclamó Jill, y un pensamiento horrible la estremeció.

—Yo diría que sí —respondió Scrubb en tono
desdichado—. Casi mi mejor amigo. Y la última
vez apenas tenía unos cuantos años más que yo.
Y ver ahora a ese anciano de barba blanca, y recordar a Caspian como era la mañana que captu-
ramos las Islas Solitarias, o en la pelea contra la
serpiente marina... es espantoso. Es peor que regresar y encontrarlo muerto.

—Vamos, cierra el pico —dijo Jill, impaciente—.
Es mucho peor de lo que crees. Hemos fastidiado
la primera señal.

Como era natural, Scrubb no comprendió de
qué hablaba, y entonces Jill le contó la conversación con Aslan, las cuatro señales y la tarea de encontrar al príncipe perdido que se les había enco-
mendado.

—Así que ya ves —finalizó—, sí que viste a un
viejo amigo, tal como dijo Aslan, y tendrías que
haber ido a hablar con él al instante. Y no lo hiciste, así que hemos empezado con mal pie.

—Pero ¿cómo podía saberlo? —protestó él.

—Si al menos me hubieras escuchado cuando
intenté decírtelo, todo habría ido bien.

—Sí, y si tú no te hubieras comportado como una

idiota en el borde de aquel precipicio... ¡Estuviste a punto de asesinarme!..., pues sí, he dicho «asesinarme», y lo repetiré tantas veces como me parezca, de modo que no te sulfures..., habríamos llegado juntos y los dos sabríamos lo que había que hacer.

—Supongo que fue él exactamente la primera persona que viste. —Tanteó Jill—. Sin duda llegaste aquí varias horas antes que yo. ¿Estás seguro de que no viste a nadie antes?

—Llegué apenas un minuto antes que tú —respondió Scrubb—. Aslan debe de haberte soplado hacia aquí a más velocidad que a mí. Para recuperar el tiempo que perdiste.

—Te comportas de un modo repugnante, Scrubb —dijo Jill—. ¡Vaya! ¿Qué es eso?

Era la campana del castillo que anunciaba la cena, y así se interrumpió felizmente lo que de otro modo habría derivado en una pelea en toda regla. Para entonces los dos estaban bastante hambrientos.

La cena en el gran salón del castillo fue la cosa más espléndida que ninguno de ellos había visto jamás; pues, aunque Eustace había estado ya en aquel mundo antes, toda su visita había transcurrido en alta mar y no conocía nada de la magnificencia y cortesía de los narnianos cuando estaban en casa, en su propia tierra.

Del techo colgaban estandartes y todos los platos llegaban acompañados por trompeteros y timbaleros. Hubo sopas que te habrían hecho la boca agua sólo de pensar en ellas, deliciosos pescados llamados pavenders, carne de venado, de pavo real y empanadas, helados, jaleas, frutas y nueces, y toda clase de vinos y refrescos de fruta. Incluso Eustace se animó y admitió que «no estaba nada mal». Cuando el banquete finalizó, hizo su aparición un poeta ciego y entonó el magnífico y antiguo relato del príncipe Cor, Aravis y el caballo Bree, que se llama *El caballo y el muchacho* y cuenta una aventura que sucedió en Narnia, en Calormen y en las tierras situadas entre ambas, en la Edad de Oro, cuando Peter era Sumo Monarca en Cair Paravel. (No tengo tiempo ahora de contarlo, aunque realmente vale la pena oírlo.)

Mientras se arrastraban escaleras arriba hacia sus habitaciones, bostezando sin cesar, Jill comentó: «Apuesto a que dormiremos bien esta noche»; pues había sido un día muy atareado. Lo que viene a demostrar lo poco que uno sabe sobre lo que le va a suceder a continuación.

CAPÍTULO 4

Un parlamento de búhos

Resulta muy curioso que cuanto más sueño tiene
uno, más tarda en meterse en la cama; especialmente si se tiene la suerte de disponer de una chimenea encendida en la habitación. Jill se dijo que
no podría ni empezar a desvestirse a menos que
se sentara primero ante el fuego un ratito. Y en
cuanto se sentó, ya no quiso volver a levantarse.
Se había repetido ya a sí misma unas cinco veces:
«Tengo que acostarme», cuando la sobresaltó un
golpecito en la ventana.

Se levantó, descorrió la cortina, y al principio
no vio otra cosa que oscuridad. Luego dio un salto y retrocedió, pues algo muy grande se había
abalanzado contra la ventana, golpeando con
fuerza el cristal al hacerlo. Una idea de lo más
desagradable cruzó por su mente: «¡Espero que
no tengan polillas gigantes en este país! ¡Uf!».

Pero entonces la cosa regresó, y en esa ocasión estuvo más que segura de haber visto un pico, y el pico había sido lo que había golpeado el cristal. «Es una especie de pájaro grande —se dijo—. ¿Podría ser una águila?» Desde luego no deseaba visitas, ni siquiera de una águila, pero abrió la ventana y miró al exterior. Al instante, con un sonoro aleteo, la criatura se posó en el alfeizar y se quedó allí, ocupando toda la ventana, de modo que la niña tuvo que retroceder para dejarle sitio. Era el búho.

—¡Chist, chist! Uhú, uhú —dijo el búho—. No hagas ruido. Veamos, ¿decíais en serio eso de llevar a cabo esa misión vuestra?

—¿Lo del príncipe desaparecido, quieres decir? —preguntó Jill—. Sí, claro que sí.

Pues en aquel momento recordaba la voz y el rostro del león, que casi había olvidado durante el banquete y la narración que habían tenido lugar en la sala.

—¡Magnífico! En ese caso no hay tiempo que perder. Debéis marcharos de aquí al momento. Iré a despertar al otro humano. Será mejor que te quites esas ropas cortesanas y te pongas algo más cómodo para viajar. Regresaré dentro de un instante. ¡Uhú!

Y sin aguardar su respuesta, desapareció.

De haber estado más acostumbrada a las aventuras, Jill podría haber dudado de la palabra del búho, pero ni se le ocurrió, e imbuida por la emocionante idea de una fuga a medianoche olvidó su somnolencia. Volvió a ponerse el suéter y los pantalones cortos —había un cuchillo de explorador en el cinturón de los pantalones que podría resultar útil— y añadió unas cuantas de las cosas que había dejado en la habitación para ella la muchacha de los cabellos ondulantes. Escogió una capa corta que le llegaba hasta las rodillas y tenía capucha («es lo más apropiado por si llueve», pensó), unos cuantos pañuelos y un peine. Luego se sentó y esperó.

Empezaba a adormilarse otra vez cuando regresó el búho.

—Ya estamos listos —anunció.

—Será mejor que guíes tú —indicó Jill—. No conozco todos los pasillos aún.

—¡Uhú! —dijo el búho—. No vamos a atravesar el castillo. Eso no sería nada sensato. Tienes que montar en mí. Volaremos.

—¡Cielos! —exclamó la niña, y se puso en pie con la boca abierta, nada contenta con la idea—. ¿No pesaré demasiado?

—¡Uhú, uhú! No seas tonta. Ya he llevado al otro. Vamos. Apagaremos la lámpara primero.

En cuanto la lámpara se apagó, el trozo de noche que se veía por la ventana pareció menos oscuro; ya no era negro, sino gris. El búho se colocó sobre el alféizar de espaldas a la habitación y alzó las alas, y Jill tuvo que subirse a su cuerpo corto y rechoncho, colocar las rodillas bajo las alas y sujetarse con fuerza. Las plumas resultaban deliciosamente cálidas y blandas pero no había nada a lo que agarrarse. «¡Me gustaría saber qué le pareció

a Scrubb el viaje!», pensó. Y justo mientras lo pensaba, abandonaron el alféizar con un salto horrible, las alas batieron a toda velocidad junto a sus orejas y el aire nocturno, más bien fresco y húmedo, le azotó el rostro.

Había más luz de la que esperaba y, aunque el cielo estaba encapotado, se distinguía una mancha de un pálido tono plateado allí donde la luna quedaba oculta por encima de las nubes. Los campos situados a sus pies mostraban un color grisáceo, y los árboles parecían negros. Soplaba el viento; un viento siseante y alborotador que indicaba la proximidad de lluvia.

El búho giró de modo que el castillo quedó frente a ellos. Se veía luz en muy pocas ventanas. Volaron justo por encima de él, en dirección al norte, cruzando el río: el aire se enfrió, y a Jill le pareció distinguir el reflejo blanco del ave en el agua a sus pies. No tardaron en hallarse en la ribera norte del río, volando sobre terreno boscoso.

El búho atrapó algo con el pico que Jill no pudo distinguir.

—¡No, por favor! —exclamó—. No des sacudidas de este modo. Casi me tiras al suelo.

—Lo siento —se disculpó él—. Acababa de atrapar un murciélago. No hay nada tan nutritivo, a pequeña escala, como un delicioso murciélago rellenito. ¿Quieres uno?

—No, gracias —respondió Jill con un estremecimiento.

El búho volaba un poco más bajo entonces y un objeto enorme y negro se alzaba en dirección a

ellos. Jill tuvo el tiempo justo de ver que se trataba de una torre —una torre parcialmente en ruinas, recubierta por gran cantidad de hiedra, se dijo— antes de verse obligada a agachar la cabeza para esquivar el arco de una ventana, mientras el búho se introducía con ella por la abertura recubierta de hiedra y telarañas, abandonando la noche fresca y gris para penetrar en un lugar oscuro en el interior de la parte alta de la torre.

Dentro olía bastante a moho y, en cuanto descendió del lomo del ave, supo —como uno acostumbra a saber instintivamente—, que el lugar estaba bastante concurrido. Y cuando, de todas partes, empezaron a surgir voces en la oscuridad que decían «¡Uhú! ¡Uhú!» comprendió que estaba atestado de búhos. Se sintió bastante aliviada cuando una voz muy diferente dijo:

—¿Eres tú, Pole?

—¿Eres tú, Scrubb?

—Bien —empezó Plumabrillante—, creo que ya estamos todos. Celebremos un parlamento de búhos.

—¡Uhú, uhú! Como dices tú, es lo que debemos hacer —replicaron varias voces.

—Un momento —dijo la voz de Scrubb—. Hay algo que quiero decir antes.

—Hazlo, hazlo, hazlo —dijeron los búhos.

—Adelante —añadió Jill.

—Supongo que todos vosotros, muchachos... búhos, quiero decir —empezó Scrubb—. Supongo que todos vosotros sabéis que el rey Caspian X, en su juventud, navegó hasta el extremo oriental del mundo. Bueno, pues yo estuve con él en ese viaje; con él y con Reepicheep el Ratón, y lord Drinian y todos ellos. Sé que parece difícil de creer, pero la gente no envejece en nuestro mundo a la misma velocidad que en el vuestro. Y lo que quiero decir es esto, que soy un hombre del rey; y si este parlamento de búhos es una especie de complot contra el monarca, no pienso tener nada que ver con él.

—Uhú, uhú, nosotros somos todos búhos del rey —declararon las aves.

—Entonces ¿de qué trata todo esto? —quiso saber el niño.

—No es más que eso —dijo Plumabrillante—, que si el Lord Regente, el enano Trumpkin, se entera de que vais a ir en busca del príncipe desaparecido, no dejará que os pongáis en marcha. Antes preferirá manteneros encerrados bajo llave.

—¡Cielos! —exclamó Scrubb—. ¿No estaréis diciendo que Trumpkin es un traidor? Oí hablar mucho de él en aquellos días, mientras navegábamos. Caspian, el rey, quiero decir, confiaba plenamente en él.

—Claro que no —dijo una voz—, Trumpkin no es ningún traidor. Pero más de treinta paladines, entre caballeros, centauros, gigantes buenos y toda clase de seres, han intentado en una ocasión u otra buscar al príncipe perdido, y ninguno de ellos ha regresado jamás. Y finalmente el rey dijo que no iba a permitir que siguieran desapareciendo los narnianos más valientes por ir en busca de su hijo. Y ahora no se permite ir a nadie.

—Pero sin duda nos dejaría ir a nosotros —indicó Scrubb—, cuando se enterara de quién soy yo y quién me envía.

—Nos envía a los dos —intervino Jill.

—Sí —repuso Plumabrillante—, creo que es muy probable que lo hiciera. Pero el rey no está. Y Trumpkin se atendrá a las normas. Es fiel como el acero, pero está más sordo que una tapia y es muy irascible. Jamás conseguiríais hacerle comprender que éste podría ser el momento para hacer una excepción.

—Tal vez penséis que podría hacernos caso a nosotros, porque somos búhos y todo el mundo sabe lo sabios que son los búhos —dijo otro—. Pero es tan viejo ahora que se limitaría a decir, «No eres más que un polluelo. Recuerdo cuando eras un huevo, así que no vengas a intentar darme lecciones, señor mío. ¡Cangrejos y bogavantes!».

Aquel búho imitaba bastante bien la voz de Trumpkin, y se oyeron carcajadas de búho por todas partes. Los niños empezaron a comprender que los narnianos sentían por Trumpkin lo mismo que se siente en la escuela por algún profesor de carácter brusco, al que todos temen un poco y del que todos se burlan pero al que en realidad todo el mundo quiere.

—¿Cuánto tiempo estará ausente el rey? —preguntó Scrubb.

—¡Ojalá lo supiéramos! —contestó Plumabrillante—. Verás, ha corrido el rumor, últimamente, de que se ha visto a Aslan en las islas... en Terebinthia, creo que fue. Y el rey dijo que haría otro intento antes de morir para poder ver a Aslan cara a cara, y pedirle consejo sobre quién deberá ser rey después de él. Pero todos tememos que, si no encuentra a Aslan en Terebinthia, parta hacia el este, a las Siete Islas y las Islas Solitarias, y siga adelante. Jamás habla al respecto, pero todos sabemos que no ha olvidado jamás aquel viaje al fin del mundo. Estoy seguro de que en el fondo de su corazón quiere regresar allí.

—En ese caso no sirve de nada esperar su regreso, ¿verdad? —intervino Jill.

—No, no sirve de nada —corroboró el búho—. ¡Vaya lío! ¡Si al menos lo hubierais reconocido y hablado con él de inmediato! Lo habría organizado todo... probablemente os habría entregado un ejército para acompañaros en la búsqueda del príncipe.

Jill mantuvo la boca cerrada al escucharlo y esperó que Scrubb fuera lo bastante caballeroso para no contar a los búhos por qué aquello no había sucedido. Lo fue, o casi, pues se limitó a farfullar por lo bajo «Bueno, pues no fue culpa mía», antes de decir en voz alta:

—Muy bien. Tendremos que arreglárnoslas sin el ejército. Pero hay una cosa más que quiero saber. Si este parlamento de búhos, como lo llamáis, es algo legítimo y correcto y está libre de malicia, ¿por qué tiene que ser tan condenadamente secreto?... ¿Por qué tenemos que reunirnos en unas ruinas en plena noche, y todo eso?

—¡Uhú! ¡Uhú! —ulularon varias aves—. ¿Dónde deberíamos reunirnos? ¿Cuándo debería reunirse la gente si no es de noche?

—Verás —explicó Plumabrillante—, la mayoría de las criaturas de Narnia tiene unas costumbres de lo más estrafalarias. Hacen las cosas de día, bajo la plena y ardiente luz solar (¡uf!), cuando todo el mundo debería estar durmiendo. Y, como resultado, por la noche están tan ciegos y atontados que no se les puede sacar ni una palabra. De modo que nosotros, los búhos, hemos adoptado la costumbre de reunirnos a horas sensatas, por nuestra cuenta, cuando queremos hablar sobre cosas.

—Comprendo —dijo Scrubb—. Bueno, pues sigamos. Contádnoslo todo sobre el príncipe desaparecido.

Entonces un búho anciano, no Plumabrillante, relató la historia.

Al parecer, hacía unos diez años, cuando Rilian,

73

el hijo de Caspian, era un caballero muy joven, partió a cabalgar con la reina, su madre, una mañana de mayo por la zona norte de Narnia. Llevaban muchos escuderos y damas con ellos y todos lucían guirnaldas de hojas frescas en la cabeza y llevaban cuernos colgados al costado; pero no llevaban perros, ya que iban de celebración del primero de mayo, no de caza.

Durante la parte más calurosa del día llegaron a un agradable claro en el que brotaba un manantial de agua fresca de la tierra, y allí desmontaron, comieron, bebieron y se divirtieron. Al cabo de un rato la reina sintió sueño, así que extendieron capas para ella sobre la orilla cubierta de hierba, y el príncipe Rilian junto con el resto del grupo se alejó un poco, para que sus narraciones y risas no la despertaran.

Y sucedió que, al poco, una gran serpiente salió del espeso bosque y mordió a la reina en la mano. Todos oyeron su grito y corrieron hacia ella, y Rilian fue el primero en llegar a su lado. Vio a la alimaña que se alejaba reptando y la persiguió espada en mano. Era enorme, brillante y verde como el veneno, de modo que pudo verla bien: pero se deslizó al interior de unos espesos matorrales y no pudo alcanzarla. Así pues, regresó junto a su madre, y los halló a todos muy atareados a su alrededor. Pero fue en vano, pues con sólo una ojeada a su rostro, Rilian supo que ningún medicamento de este mundo la curaría. Mientras siguió con vida, la reina pareció esforzarse por decirle algo; pero no podía hablar con claridad y, fuera el que fuese el mensaje, murió sin poder transmitirlo. Apenas habían transcurrido diez minutos desde que la oyeran chillar.

Transportaron a la difunta reina de vuelta a Cair Paravel, donde la lloraron amargamente Rilian, el rey y toda Narnia. Había sido una gran dama, prudente, afable y feliz, la esposa que el rey Caspian había traído desde el extremo oriental del mundo. Y la gente decía que la sangre de las estrellas corría por sus venas.

El príncipe quedó terriblemente afectado por la muerte de su madre, como es natural, y, después de aquello, salía siempre a cabalgar por los lindes septentrionales de Narnia, buscando aquel reptil venenoso, para matarlo y vengarse. Nadie prestó demasiada atención a sus salidas, a pesar de que el príncipe regresaba a casa de aquellos vagabundeos con aspecto cansado y enloquecido. Sin embargo, alrededor de un mes después de la muerte de la reina, algunos dijeron que percibían un cambio en él. Había una expresión en sus ojos como la de un hombre que ha visto visiones, y aunque permanecía fuera todo el día, su caballo no mostraba señales de haber cabalgado mucho. Su principal amigo entre los cortesanos de más edad era lord Drinian, que había sido capitán de su padre en aquel gran viaje a las partes más orientales de la tierra.

—Su alteza tiene que cesar en la búsqueda del reptil —dijo Drinian una tarde al príncipe—. No hay auténtica venganza cuando se trata de una bestia estúpida en lugar de un hombre. Os agotáis en vano.

—Milord —respondió el príncipe—, estos siete días he estado a punto de olvidar el reptil.

Drinian le preguntó por qué, si así era, cabalgaba tan continuamente por los bosques del norte.

—Milord —dijo él—, he visto allí la cosa más hermosa que jamás se haya creado.

—Mi buen príncipe —repuso Drinian—, os ruego que me dejéis cabalgar con vos mañana, para que yo también pueda ver esa cosa tan bella.

—De buen grado —contestó él.

Al día siguiente, al despuntar el alba, ensillaron sus caballos y partieron a veloz galope a los bosques del norte, descabalgando en el mismo manantial en el que la reina había hallado la muerte. Drinian consideró extraño que el príncipe eligiera aquel lugar precisamente para pasear. Descansaron allí hasta el mediodía: entonces Drinian alzó la vista y vio a la dama más hermosa que había visto jamás; la mujer permaneció de pie en el lado norte del manantial, sin decir nada, pero hizo señas al príncipe con la mano como si le instara a ir hacia ella. Era alta y magnífica, radiante, y se cubría con una fina prenda verde como el veneno. Y el príncipe la contempló fijamente como alguien que ha perdido el juicio. Pero, de repente, la dama desapareció, Drinian no supo por dónde; y los dos regresaron a Cair Paravel. En la mente del noble quedó grabada la idea de que aquella reluciente mujer de verde era malvada.

Drinian tuvo serias dudas sobre si contar aquella aventura al rey, pero como no deseaba ser un chismoso ni un soplón, calló. Aunque más tarde se arrepintió de no haber hablado, pues al día siguiente el príncipe Rilian salió a cabalgar solo. Aquella noche no regresó y desde aquel momento no se ha hallado ni rastro de él en toda Narnia ni en ningún territorio vecino. Tampoco se encontró jamás su caballo ni su sombrero ni su capa ni nada que le perteneciera.

Entonces Drinian, con el corazón lleno de amargura, fue a ver a Caspian y le dijo: «Majestad, matadme al momento por traidor: pues mediante mi silencio he destruido a vuestro hijo». Y le contó la historia.

Caspian tomó una hacha de guerra y se abalanzó sobre lord Drinian para matarlo, y Drinian permaneció inmóvil como una roca a la espera del golpe mortal. Pero cuando tenía el hacha alzada, Caspian la tiró repentinamente al suelo y exclamó: «He perdido a mi reina y a mi hijo: ¿debo perder también a mi amigo?» Y se arrojó al cuello de lord Drinian, lo abrazó y ambos lloraron, y su amistad no se rompió.

Tal era la historia de Rilian. Y cuando terminaron de contarla, Jill dijo:

—Apuesto a que esa serpiente y la mujer eran la misma persona.

—Cierto, cierto, pensamos lo mismo que tú —ulularon los búhos.

—Pero no creemos que matara al príncipe —indicó Plumabrillante—, porque no había huesos...

—Sabemos que no lo hizo —dijo Scrubb—. Aslan dijo a Pole que seguía vivo en alguna parte.

—Eso casi lo empeora —replicó el búho más anciano—. Significa que le es útil para algo, y que existe algún complot terrible contra Narnia. Hace mucho, mucho tiempo, en el principio de los tiempos, la Bruja Blanca surgió del norte y enterró nuestro país en nieve y hielo durante cien años. Y creemos que la mujer en cuestión puede ser de la misma calaña.

—Muy bien, pues —dijo Scrubb—. Pole y yo tenemos que encontrar a ese príncipe. ¿Nos podéis ayudar?

—¿Tenéis alguna pista? —preguntó Plumabrillante.

—Sí —respondió él—. Sabemos que debemos ir al norte. Y sabemos que debemos llegar a las ruinas de una ciudad de gigantes.

Al escuchar aquello sonaron más «¡uhús!» que nunca, y también el ruido de aves que se removían inquietas y erizaban las plumas, y a continuación todos los búhos empezaron a hablar a la vez. Todos explicaron lo mucho que lamentaban no poder acompañar a los niños en su búsqueda del príncipe desaparecido.

—Querréis viajar de día, y nosotros querremos hacerlo de noche —dijeron—. No resultaría, no resultaría.

Una o dos de las aves añadieron que incluso allí

en la torre en ruinas ya no estaba tan oscuro como había estado cuando empezaron, y que el parlamento había durado ya demasiado. En realidad, la simple mención de un viaje a la ciudad en ruinas de los gigantes parecía haber desanimado a aquellas criaturas.

—Si quieren ir en esa dirección —dijo Plumabrillante, no obstante—, al interior del Páramo de Ettin, debemos conducirlos hasta los meneos de la Marisma. Son los únicos que pueden ayudarlos.

—Cierto, cierto, hagámoslo —dijeron los búhos.

—Vamos, pues —siguió Plumabrillante—. Yo llevaré a uno. ¿Quién llevará al otro? Debe hacerse esta noche.

—Yo lo haré; vamos a buscar a los meneos de la Marisma —respondió otro búho.

—¿Estás lista? —preguntó Plumabrillante a Jill.

—Me parece que Pole se ha dormido —dijo Scrubb.

CAPÍTULO 5

Charcosombrío

Jill estaba dormida. Desde el mismo instante en que se había iniciado el parlamento de los búhos no había dejado de bostezar con fuerza y había acabado por dormirse. No le hizo la menor gracia que la despertaran otra vez, ni encontrarse tumbada sobre unas tablas de madera en una especie de campanario polvoriento, totalmente oscuro, y lleno casi por completo de búhos. Pero aún se sintió menos complacida cuando oyó que tenían que ponerse en marcha hacia otra parte —y no, al parecer, para dormir mejor, precisamente— en el lomo del búho.

—Vamos, Pole, anímate —dijo Scrubb—. Al fin y al cabo, es una aventura.

—Estoy harta de aventuras —respondió ella de malhumor.

Accedió, no obstante, a montar en el lomo de

Plumabrillante, y se despertó por completo —al menos durante un rato— al sentir la inesperada frialdad del aire cuando el ave salió volando con ella en mitad de la noche. La luna había desaparecido y no había estrellas. A lo lejos a su espalda distinguió una única ventana iluminada muy por encima del suelo; sin duda, en una de las torres de Cair Paravel. Aquello le hizo anhelar estar de vuelta en el delicioso dormitorio, bien abrigada en la cama mientras contemplaba el reflejo de las llamas de la chimenea sobre las paredes.

Introdujo las manos bajo la capa y se arrebujó bien en ella. Le resultó extraño escuchar dos voces en el aire oscuro a poca distancia de ella; Scrubb y su búho conversaban. «Su voz no suena cansada», pensó Jill, que no se daba cuenta de que el niño había corrido grandes aventuras en aquel mundo con anterioridad y que el aire narniano le estaba devolviendo aquella energía adquirida cuando navegaba por los Mares Orientales con el rey Caspian.

Jill tuvo que pellizcarse para mantenerse despierta, pues sabía que si dormitaba sobre el lomo de Plumabrillante probablemente se caería. Cuando por fin llegaron a puerto los dos búhos, descendió muy agarrotada de su montura y se encontró en terreno llano. Soplaba un viento helado

y parecían hallarse en un lugar desprovisto de árboles.

—¡Uhú, uhú! —oyeron llamar a Plumabrillante—. Despierta, Charcosombrío. Despierta. Es un
asunto del león.

Durante un buen rato no hubo respuesta.
Luego, muy a lo lejos, apareció una luz tenue que
empezó a acercarse. Con ella llegó una voz.

—¡Ah de los búhos! —dijo—. ¿Qué sucede? ¿Ha
muerto el rey? ¿Ha desembarcado el enemigo en
Narnia? ¿Hay una inundación? ¿O dragones?

Cuando la luz llegó hasta ellos, resultó ser la de
un farol enorme. Jill apenas pudo distinguir a la

persona que lo sostenía. Parecía ser todo piernas y brazos. Los búhos hablaban con él, y le explicaban lo ocurrido, pero ella estaba demasiado cansada para escuchar. Intentó despertarse un poco cuando descubrió que se despedían de ella; pero nunca consiguió recordar gran cosa después excepto que, al cabo de un tiempo, ella y Scrubb tuvieron que agacharse para pasar por un portal bajo y a continuación (¡gracias al cielo!) estaban ya tumbados sobre algo blando y cálido, y una voz les decía:

—Eso es. Es lo mejor que os podemos proporcionar. Pasaréis frío y estará duro. Húmedo también, seguramente. Lo más probable es que no peguéis ojo, incluso aunque no haya tormentas, ni inundaciones ni el *wigwam* se nos caiga encima, como ya he visto suceder. Hay que conformarse...

Pero la niña estaba ya profundamente dormida antes de que la voz terminara de hablar.

Cuando despertaron, ya tarde, a la mañana siguiente, descubrieron que descansaban, muy secos y calentitos, sobre camas de paja en un lugar oscuro. Una abertura triangular dejaba entrar la luz del día.

—¿Dónde demonios estamos? —preguntó Jill.

—En el *wigwam* de un meneo de la Marisma. No me preguntes qué es. No conseguí verlo anoche. Voy a levantarme. Salgamos en su busca.

—Qué asquerosa se siente una después de dormir vestida —manifestó la niña al incorporarse.

—Pues yo estaba pensando en lo cómodo que era no tener que vestirse —dijo Eustace.

—Ni lavarse tampoco, supongo —replicó ella, desdeñosa.

Pero Scrubb ya se había levantado, bostezado, alisado las ropas y arrastrado fuera del *wigwam*. Jill le imitó.

Lo que encontraron en el exterior no se parecía en nada a la Narnia que habían visto el día antes. Estaban en una enorme llanura uniforme dividida en innumerables islotes por innumerables canales de agua. Las islas estaban cubiertas de maleza áspera y bordeadas de cañas y juncos. En ocasiones había lechos de juncos de un acre de extensión. Nubes de aves se posaban continuamente en ellas y volvían a alzarse: patos, agachadizas, avetoros, garzas. Desperdigados por la zona se veían muchos *wigwams* como aquel en el que habían pasado la noche, pero todos a una buena distancia unos de otros; pues los meneos de la Marisma son gentes amantes de la intimidad.

A excepción del linde del bosque a varios kilómetros al sur y al oeste de donde estaban ellos, no se veía un árbol por ninguna parte. Hacia el este la llana marisma se extendía hasta unas bajas lomas de arena en la línea del horizonte, y uno advertía por el gusto salobre del viento que soplaba de aquella dirección que el mar se encontraba allá abajo. Al norte se veían unas colinas bajas de tonalidades pálidas, en algunos lugares fortificadas con rocas. El resto era marisma plana. Habría resultado un lugar deprimente en una tarde lluvio-

sa, pero visto bajo el sol de la mañana, con un viento fresco soplando y el aire inundado por los gritos de los pájaros, había algo vivificante y limpio en su soledad. Los niños sintieron que sus ánimos se levantaban.

—Me gustaría saber adónde ha ido la cosa ésa —dijo Jill.

—¿Te refieres al meneo de la Marisma? —repuso Scrubb, como si se sintiera orgulloso de conocer la palabra—. Supongo que... vaya, debe de ser aquél.

Y entonces los dos lo vieron, sentado de espaldas a ellos, pescando, a unos cincuenta metros de distancia. Les había costado distinguirlo al principio porque era casi del mismo color que la marisma y porque estaba sentado muy quieto.

—Supongo que lo mejor será que vayamos a hablar con él —indicó Jill.

Scrubb asintió. Los dos se sentían algo nerviosos.

Mientras se acercaban, la figura volvió la cabeza y les mostró un rostro enjuto con las mejillas bastante hundidas, la boca firmemente cerrada, la nariz afilada y nada de barba. Llevaba un sombrero alto y puntiagudo como una espira, con una enorme ala ancha y plana. El pelo, si es que se le podía llamar así, que colgaba sobre sus grandes orejas era de un gris verdoso, y los mechones eran planos en lugar de redondeados, de modo que parecían juncos diminutos. La expresión era solemne, la tez terrosa, y se comprendía al instante que se tomaba muy en serio las cosas.

—Buenos días, huéspedes míos —saludó—. Aunque cuando digo «buenos» no quiero decir que no vaya a llover, o que no pueda nevar o haber niebla o truenos. No habéis podido dormir nada, imagino.

—Sí, y mucho.

—Vaya —dijo él, meneando la cabeza—, ya veo que intentáis sacar el mejor partido a la situación. Eso está bien. Se os ha educado bien, ya lo creo. Habéis aprendido a poner al mal tiempo buena cara.

—Si eres tan amable, aún no sé cómo te llamas —dijo Scrubb.

—Me llamo Charcosombrío. Pero no importa si lo olvidáis. Siempre os lo puedo volver a decir.

Los niños se sentaron uno a cada lado de él, y comprobaron que tenía unas piernas y brazos muy largos, de modo que aunque su cuerpo no era mucho mayor que el de un enano, sería más alto que muchos hombres cuando se pusiera en pie. Los dedos de las manos eran palmeados como los de una rana, y lo mismo sucedía con sus pies desnudos, que se balanceaban en el agua fangosa. Iba vestido con ropas color tierra que le venían muy holgadas.

—Estoy intentado pescar unas cuantas anguilas para hacer estofado de anguilas para cenar —ex-

plicó Charcosombrío—. Si bien no me sorprendería no atrapar ninguna. Y si las pesco, tampoco os
gustarán mucho.

—¿Por qué no? —preguntó Scrubb.

—Pues porque no está dentro de lo razonable
que os tengan que gustar nuestras vituallas, aunque no dudo que os lo tomaréis con valentía. De
todos modos, mientras me dedico a pescarlas, podéis intentar encender el fuego... ¡no hay nada de
malo en probar! La leña está detrás del *wigwam*.
Tal vez esté húmeda. Podríais encenderlo dentro,
y entonces se nos metería el humo en los ojos; o
podríais hacerlo fuera, y entonces llovería y lo
apagaría. Aquí tenéis mi yesquero. Supongo que
no sabréis usarlo.

Pero Scrubb había aprendido a hacerlo en su última aventura. Los dos niños corrieron de regreso
a la tienda, localizaron la leña —que estaba totalmente seca— y consiguieron encender un fuego
con bastante menos dificultades de las acostum-
bradas. A continuación Scrubb se sentó y se ocupó de él mientras Jill fue a darse una especie de
baño —que no resultó muy agradable— en el ca-
nal más próximo. Después de eso ella se ocupó
del fuego y el niño tomó también un baño. Ambos se sintieron mucho más descansados, aunque
muy hambrientos.

El meneo de la Marisma no tardó en reunirse con ellos. A pesar de sus expectativas de no atrapar ninguna anguila, llevaba aproximadamente una docena que ya había despellejado y limpiado. Colocó un puchero grande a hervir, avivó el fuego y encendió su pipa. Los meneos de la Marisma fuman una clase de tabaco muy extraño (hay quien dice que lo mezclan con barro) y los niños observaron que el humo de la pipa de Charcosombrío apenas se alzaba en el aire. Salía en forma de hilillos de la cazoleta, descendía hacia el suelo y deambulaba por él como una neblina. Era muy negro e hizo toser a Scrubb.

—Bien —dijo Charcosombrío—, esas anguilas tardarán una barbaridad en cocinarse, y cualquie-

ra de vosotros podría desmayarse de hambre antes de que estén preparadas. Conocí a un niña que..., pero será mejor que no os cuente esa historia, porque podría desanimaros, y eso es algo que nunca hago. Así pues, para evitar que penséis en el hambre que sentís, podríamos charlar sobre vuestros planes.

—Sí, hagámoslo —asintió Jill—. ¿Puedes ayudarnos a encontrar al príncipe Rilian?

El meneo de la Marisma se succionó las mejillas hasta dejarlas más hundidas de lo que uno habría creído posible.

—Bueno, no sé si lo llamaríais ayuda —respondió—. En realidad, dudo que nadie pueda ayudar. Es evidente que lo más seguro es que no lleguemos muy lejos en un viaje hacia el norte, no en esta época del año, con el invierno a punto de llegar y todo eso. Y un invierno adelantado además, por lo que parece. Pero no debéis permitir que eso os desanime, pues lo más probable es que, entre los enemigos, las montañas, los ríos que hay que cruzar, las veces que nos perderemos, la falta de comida y los pies doloridos, ni nos demos cuenta del tiempo que haga. Y si no llegamos lo bastante lejos como para que sirva de algo, tal vez sí lleguemos lo bastante lejos como para no tener que regresar a toda prisa.

Los dos niños advirtieron que se refería siempre a «nosotros» en lugar de «vosotros», y los dos exclamaron al mismo tiempo:

—¿Vendrás con nosotros?

—Sí, desde luego que iré. No hay razón para que no lo haga, ¿sabéis? No creo que volvamos a ver al rey de regreso en Narnia, ahora que ha partido hacia tierras extranjeras; y tenía una tos muy fea cuando marchó. Luego está Trumpkin, pero se apaga por momentos. Y descubriréis que la cosecha será mala después de este verano tan terriblemente seco. Y no me extrañaría que algún enemigo nos atacara. Tened bien presente lo que os digo.

—Y ¿cómo empezaremos? —inquirió Scrubb.

—Bueno —contestó su anfitrión muy despacio—, todos los que fueron en busca del príncipe Rilian empezaron por el manantial donde lord Drinian vio a la dama. La mayoría partieron hacia el norte. Y puesto que ninguno de ellos regresó jamás, no podemos saber exactamente cómo les fue.

—Hemos de empezar encontrando una ciudad de gigantes en ruinas —declaró Jill—. Lo dijo Aslan.

—Hemos de empezar encontrándola, ¿no es eso? —respondió Charcosombrío—. No se nos permite empezar buscándola, supongo.

—Eso es lo que quiero decir, desde luego —indicó Jill—. Y luego, cuando la hayamos encontrado...

—Sí, «cuando» —intervino Charcosombrío con frialdad.

—¿Es que nadie sabe dónde está? —preguntó Scrubb.

—No sé si lo sabrá ese Nadie —replicó el otro—. Y no diré que no haya oído hablar de esa Ciudad en Ruinas. No, vosotros no empezaréis desde el manantial. Tendréis que atravesar el Páramo de Ettin. Ahí es dónde está la Ciudad en Ruinas, si es que está en alguna parte. Pero yo he viajado en esa dirección tan lejos como la mayoría de gente y jamás llegué a ningunas ruinas, de modo que no os engañaré.

—¿Dónde está el Páramo de Ettin? —quiso saber Scrubb.

—Mirad hacia allí en dirección norte —indicó él, señalando con su pipa—. ¿Veis esas colinas y trozos de farallones? Eso es el principio del Páramo de Ettin. Pero hay un río entre él y nosotros; el río Shribble. No hay puentes, claro está.

—Aunque supongo que podríamos vadearlo —sugirió Scrubb.

—Bueno, en realidad ya lo han vadeado otros —admitió Charcosombrío.

—A lo mejor encontramos gente en el Páramo de Ettin que nos pueda indicar el camino —dijo Jill.

—Tienes razón respecto a lo de encontrar gente —admitió él.

—¿Qué clase de gente vive allí? —preguntó la niña.

—No soy yo quién para decir que no sean buena gente a su manera —respondió Charcosombrío—. Si te gusta su forma de ser.

—Sí, pero ¿qué son? —insistió Jill—. Hay criaturas tan raras en este país. Quiero decir, ¿son animales, pájaros, enanos o qué?

—¡Uf! —dijo el meneo de la Marisma, tras soltar un largo silbido—. ¿No lo sabéis? Pensé que los búhos os lo habrían contado. Son gigantes.

Jill se estremeció. Ni siquiera le gustaban los gigantes de los libros, y en una ocasión había conocido a uno en una pesadilla. Entonces vio el rostro de Scrubb, que había adquirido un tono verdoso, y se dijo: «Apuesto a que está más acobardado él que yo». Eso la hizo sentir más valiente.

—El rey me contó hace tiempo —dijo Scrubb—, en la época en que estuve embarcado con él, que les había dado una buena paliza a esos gigantes en una guerra y les había hecho pagar tributo.

—Es totalmente cierto —respondió Charcosombrío—, ya lo creo que están en paz con nosotros. Mientras permanezcamos en nuestro lado del Shribble, no nos harán ningún daño. En su lado, en el Páramo... De todos modos, siempre existe una posibilidad. Si no nos acercamos a ninguno de ellos, si ninguno de ellos pierde el control y si no nos ven, tal vez podamos recorrer un buen trecho.

—¡Oye! —exclamó Scrubb, enojándose de improviso, como sucede tan fácilmente cuando a uno lo han asustado—. No creo que todo eso pueda ser ni la mitad de malo de lo que imaginas; al fin y al cabo, las camas del *wigwam* no eran duras ni estaba húmeda la madera. No creo que Aslan nos hubiera enviado siquiera si existieran tan pocas posibilidades de éxito.

Esperaba que el otro le respondiera con enojo, pero éste se limitó a decir:

—Ése es el espíritu, Scrubb. Así se habla. Poniendo buena cara a las contrariedades. Pero todos debemos tener mucho cuidado con nuestro genio, teniendo en cuenta las dificultades que tendremos que afrontar. No estaría nada bien pelear, ¿sabes? Al menos no empezar tan pronto. Sé que estas expediciones acostumbran a finalizar así: acuchillándose unos a otros, seguramente, antes de que todo haya terminado. Pero cuanto más tiempo podamos evitarlo...

—Bueno, pues si consideras que es tan inútil —interrumpió Scrubb—, creo que lo mejor será que te quedes. Pole y yo podemos ir solos, ¿no te parece, Pole?

—Cállate y no seas ridículo, Scrubb —se apresuró a decir Jill, aterrada por si el meneo de la Marisma le tomaba la palabra.

—No te desanimes, Pole —dijo Charcosombrío—, iré, no te quepa la menor duda. No pienso perder una oportunidad como ésta. Me irá bien. Todos dicen, quiero decir que los otros meneos dicen, que soy demasiado inconstante; que no me tomo la vida lo bastante en serio. Si no lo han dicho una vez, lo han dicho miles. «Charcosombrío», me dicen, «tienes la cabeza llena de pájaros. Eres un despreocupado. Tienes que aprender que la vida no es simplemente comer ranas estofadas y empanadas de anguilas. Necesitas algo que te calme un poco. Lo decimos únicamente por tu bien, Charcosombrío.» Eso es lo que dicen. Así pues una tarea como ésta, un viaje al norte justo al inicio del invierno, para buscar a un príncipe que probablemente no esté allí, pasando por una ciudad en ruinas que nadie ha visto nunca, será justo lo que necesito. Si eso no consigue que uno siente la cabeza, no sé qué lo hará. —Y se frotó las enormes manos parecidas a las de una rana como si hablara de acudir a una fiesta o a una representación teatral—. Y ahora —añadió—, veamos cómo les va a esas anguilas.

Cuando estuvo lista, la comida resultó deliciosa y los niños se sirvieron dos raciones enormes cada uno. Al principio el meneo de la Marisma no quería creer que realmente les gustara aquello, y después de que comieran tanto que tuvo que creerles, recurrió a decir que sin duda les sentaría fatal.

—No me sorprendería nada que lo que es comida para los meneos pueda ser veneno para los humanos —dijo.

Después de la comida tomaron té en tazones de hojalata (como habrás visto hacer a los hombres que efectúan trabajos en las carreteras), y Charcosombrío dio una buena cantidad de sorbos de un botella cuadrada de color negro. Ofreció un poco a los niños, pero a éstos les pareció bastante desagradable.

El resto del día lo pasaron realizando preparativos para poder ponerse en marcha bien temprano a la mañana siguiente. Charcosombrío, al ser con mucho el de mayor tamaño, dijo que transportaría tres mantas con un gran trozo de tocino enrollado en su interior. Jill llevaría los restos de las anguilas, unas cuantas galletas y el yesquero; Scrubb cargaría tanto con su capa como con la de Jill cuando no tuvieran que llevarlas puestas. Scrubb

—que había aprendido un poco a disparar cuando navegaba al este con Caspian— llevaba el segundo mejor arco de Charcosombrío, pues el mejor lo llevaba él mismo; si bien dijo que debido a los vientos, a las cuerdas de arco húmedas, la mala luz y los dedos helados, estaba casi seguro de que no acertarían al disparar. Tanto él como Scrubb tenían espadas —el niño había traído la que le habían dejado en su habitación de Cair Paravel— mientras que Jill tenía que contentarse con su cuchillo. Habría tenido lugar una disputa al respecto, pero en cuanto empezaron a discutir el meneo se frotó las manos y dijo:

—Ya está. Justo lo que pensaba. Eso es lo que acostumbra a suceder en las aventuras. —Y aquello los hizo callar.

Los tres se acostaron temprano en el interior del *wigwam*, y en aquella ocasión los niños sí que durmieron muy mal, debido principalmente a que Charcosombrío, tras decir: «Será mejor que intentéis dormir un poco vosotros dos; aunque no creo que peguéis ojo en toda la noche», se durmió con unos ronquidos tan potentes y continuados que, cuando por fin consiguió conciliar el sueño, Jill se pasó la noche soñando con máquinas taladradoras, con cascadas y con trenes expreso que atravesaban túneles.

CAPÍTULO 6

Los Páramos Salvajes del Norte

Alrededor de las nueve de la mañana siguiente las tres figuras solitarias cruzaban ya con sumo cuidado el río Shribble a través de bajíos y pasaderos. Era un río poco profundo y ruidoso, y ni siquiera Jill se había mojado por encima de las rodillas cuando alcanzaron la orilla norte. Unos cincuenta metros más adelante, el terreno empezó a elevarse hasta alcanzar el inicio del páramo, muy empinado por todas partes y a menudo en forma de riscos.

—¡Supongo que ése es el camino que debemos seguir! —dijo Scrubb, señalando a la izquierda y al oeste, a un punto donde un arroyo surgía del páramo mediante una garganta poco profunda; pero el meneo de la Marisma negó con la cabeza.

—Los gigantes viven principalmente en las orillas de esa garganta —explicó—. Podrías decir que la garganta es como una calle para ellos. Será mejor que sigamos todo recto, aunque sea un poco empinado.

Localizaron un lugar por el que podían trepar, y al cabo de unos diez minutos se encontraron, jadeantes, en lo alto. Lanzaron una ansiosa mirada a su espalda, al valle de Narnia, y luego volvieron los rostros hacia el norte. El inmenso y solitario páramo se extendía ante ellos hasta donde alcanzaba la vista. A su izquierda el terreno era más pedregoso. Jill se dijo que debía de ser el linde de la garganta de los gigantes y no sintió demasiadas ganas de mirar en aquella dirección. Iniciaron la marcha.

Era un terreno mullido y cómodo para andar, y más en un día de pálida luz solar invernal. A medida que se adentraban en el páramo, la soledad aumentó: de vez en cuando se podía oír el canto de avefrías y se veía algún que otro halcón. Cuando se detuvieron a media mañana para descansar y tomar un trago en una pequeña hondonada junto a un arroyo, Jill empezó a pensar que al fin y al cabo tal vez le gustara eso de correr aventuras, y así lo dijo.

—Aún no hemos corrido ninguna —declaró el meneo de la Marisma.

Las caminatas tras la primera parada —igual

que las mañanas en la escuela después de la pausa o los viajes en ferrocarril después de cambiar de tren— jamás prosiguen igual que antes. Cuando volvieron a ponerse en marcha, Jill advirtió que el borde rocoso de la garganta se hallaba más cerca, y que las rocas eran menos planas, más verticales, de lo que habían sido antes. De hecho eran como torres pequeñas de roca. ¡Y tenían unas formas la mar de curiosas!

«Realmente —pensó Jill— creo que todos los relatos sobre gigantes podrían haber salido de esas rocas tan curiosas. Si se pasa por aquí cuando empieza a oscurecer, es fácil pensar que esos montones de rocas son gigantes. ¡Sólo hay que fijarse en ésa! Da la impresión de que ese bloque de lo alto es una cabeza, algo grande para el cuerpo, pero ideal para un gigante feo. Y toda esa cosa tan tupida de ahí... supongo que en realidad es brezo y nidos de aves..., pero quedaría muy bien como pelo y barba. Y las cosas que sobresalen a cada lado parecen orejas. Son horriblemente grandes, pero me atrevería a decir que los gigantes tienen orejas enormes, como los elefantes. Y... ¡ooooh!...»

La sangre se le heló en las venas. La cosa se movía. Era un gigante de verdad. No había error posible; había visto cómo giraba la cabeza y también había vislumbrado el rostro enorme, tontuno y mofletudo. Todas aquellas cosas eran gigantes, no rocas, y había unos cuarenta o cincuenta, todos en fila; evidentemente, estaban de pie con los pies sobre el fondo de la cañada y los codos apoyados en la parte superior, igual que hombres de pie asomados a una tapia... hombres ociosos, una mañana soleada después de desayunar.

—Seguid recto —musitó Charcosombrío, que también había advertido su presencia—. No los miréis. Y hagáis lo que hagáis, no corráis. Nos perseguirían al instante.

Así pues, siguieron adelante, fingiendo no haber visto a los gigantes. Era como pasar ante la verja de una puerta en la que hay un perro feroz, o incluso peor. Había docenas y docenas de gigantes, pero no parecían enojados, ni amables, ni siquiera interesados. No mostraban ninguna señal de haber visto a los viajeros.

Entonces —*zas, zas, zas*— un objeto pesado hendió el aire a toda velocidad, y con un fuerte estrépito, un peñasco enorme cayó a unos veinte pasos por delante de ellos. Y luego —¡*pof*!— otro cayó veinte metros a su espalda.

—¿Disparan contra nosotros? —preguntó Scrubb.

—No —respondió Charcosombrío—, estaríamos mucho más a salvo si así fuera. Intentan darle a «eso», a ese montón de piedras situado ahí a la derecha. Pero no acertarán, ¿sabes? Estamos bastante a salvo; tienen una puntería pésima. Juegan al tiro al blanco casi todas las mañanas que hace buen tiempo. Es casi el único juego que son capaces de entender.

Fueron unos momentos terribles. La fila de gigantes parecía no tener fin, y no cesaron de lanzar piedras ni un instante, algunas de las cuales caye-

ron sumamente cerca. Aparte del auténtico peligro, la misma visión y el sonido de sus caras y voces era suficiente para atemorizar a cualquiera. Jill intentó no mirarlos.

Al cabo de unos veinticinco minutos los gigantes iniciaron, lo que parecía una discusión y eso puso fin a los disparos, aunque no es agradable hallarse a menos de dos kilómetros de varios gigantes enzarzados en una pelea. Éstos vociferaban y se insultaban unos a otros con palabras largas y sin sentido de unas veinte sílabas cada una. Soltaban espumarajos, farfullaban y saltaban enfurecidos, y cada salto estremecía la tierra como una bomba; también se zurraban unos a otros en la cabeza con martillos de piedra enormes y toscos; pero tenían una cabeza tan dura que los martillos rebotaban, y entonces el monstruo que había asestado el golpe soltaba el arma y aullaba de dolor porque se había hecho daño en los dedos. Sin embargo, eran tan estúpidos que volvían a hacer exactamente lo mismo al instante. A la larga resultó beneficioso, ya que al cabo de una hora todos los gigantes estaban tan magullados que se sentaron en el suelo y empezaron a llorar. Al sentarse, las cabezas quedaron por debajo del borde de la cañada, de manera que ya no se los veía. De todos modos, Jill los oyó aullar, sollozar y llorar ruidosamente igual que bebés enormes incluso después de que aquel lugar quedara a casi dos kilómetros de distancia.

Aquella noche durmieron al raso en el páramo desnudo, y Charcosombrío mostró a los niños cómo sacar el mejor provecho de las mantas durmiendo espalda contra espalda. (Las espaldas en contacto proporcionan calor y de ese modo se pueden colocar las dos mantas encima.) Pero incluso así fue una noche helada y el suelo estaba duro y aterronado. Su compañero les dijo que se sentirían más cómodos si pensaban en cómo aumentaría el frío más adelante y más al norte; pero aquello no los animó en absoluto.

Viajaron por el Páramo de Ettin durante muchos días, guardando el tocino y alimentándose principalmente de las aves de los páramos —desde luego no eran aves parlantes— que cazaban Eustace y el meneo. Jill casi envidiaba a Eustace por saber disparar; el niño había aprendido a hacerlo durante su viaje con el rey Caspian. Puesto que en el páramo había innumerables arroyos, tampoco les faltaba nunca agua. Jill se dijo que cuando, en los libros, la gente vive de lo que caza, nunca explican lo tediosa, maloliente y repugnante que es la tarea de desplumar y limpiar un pájaro muerto, y lo helados que se quedan los dedos. Sin embargo, lo más fantástico fue que apenas tropezaron con otros gigantes. Uno los vio a ellos, pero se limitó a prorrumpir en ruidosas carcajadas y se marchó con sonoras pisadas a ocuparse de sus asuntos.

Alrededor del décimo día llegaron a un lugar

donde el paisaje cambiaba. Alcanzaron el borde norte del páramo y a sus pies se extendía una larga ladera empinada que penetraba en un territorio distinto y más siniestro. La pendiente terminaba en unos riscos: más allá de éstos, un país de montañas altas, precipicios oscuros, valles pedregosos, barrancos tan profundos y estrechos que no se podía ver gran parte de su interior y ríos que surgían de gargantas resonantes para zambullirse tétricamente en negras profundidades. Huelga decir que fue Charcosombrío quien señaló una pizca de nieve en las vertientes más lejanas.

—Pero habrá más en la cara norte, seguro —añadió.

Tardaron un poco en alcanzar el fondo de la pendiente y, cuando lo hicieron, contemplaron desde lo alto de los farallones un río que discurría a sus pies de oeste a este. La corriente quedaba encerrada entre precipicios tanto en el extremo más alejado como en aquel en el que se encontraban ellos, y era de color verde y umbría, llena de rápidos y cascadas. El rugido del agua estremecía el suelo incluso allí donde estaban ellos.

—El lado bueno —dijo Charcosombrío— es que si nos partimos el cuello bajando por el risco, nos evitaremos el ahogarnos en el río.

—¿Qué hay de eso? —indicó Scrubb de improviso, señalando río arriba a su izquierda.

Entonces todos miraron y vieron lo último que
habrían esperado ver: un puente. Y ¡menudo
puente! Era un arco enorme y único que cruzaba
el desfiladero desde la parte superior de un risco

al otro; y la corona del arco quedaba tan por encima de lo alto de los riscos como la cúpula de la catedral de St. Paul de Londres queda por encima
del nivel de la calle.

—¡Vaya, sin duda es un puente de gigantes!
—exclamó Jill.

—O de un hechicero, probablemente —dijo Charcosombrío—. Debemos estar atentos a los hechizos en un lugar como éste. Creo que es una trampa. Creo que se convertirá en niebla y se desvanecerá en cuanto estemos en su parte central.

—¡Por Dios, no seas tan aguafiestas! —protestó Scrubb—. ¿Por qué demonios no podría ser un puente y ya está?

—¿Creéis que cualquiera de los gigantes que hemos visto sería lo bastante inteligente para construir algo así? —inquirió Charcosombrío.

—Pero ¿no podrían haberlo construido otros gigantes? —indicó Jill—. Quiero decir, gigantes que vivieran hace cientos de años, y fueran mucho más listos que los actuales. Podrían haberlo construido los mismos que construyeron la ciudad gigante que buscamos. Y eso significaría que estamos en el camino correcto; ¡el viejo puente conduciría a la antigua ciudad!

—Ésa es una idea genial, Pole —dijo Scrubb—. Debe de ser eso. Vamos.

Así pues dieron la vuelta y se marcharon en dirección al puente. Y cuando lo alcanzaron, desde luego les pareció muy sólido. Cada piedra individual era tan grande como las de Stonehenge y sin duda las habían tallado canteros muy buenos en un pasado remoto, aunque en aquellos momentos estaban agrietadas y desmoronadas. Aparentemente, la barandilla había estado cubierta de tallas magníficas, de las que quedaban algunos vestigios; mohosos rostros y figuras de gigantes, minotauros, calamares, ciempiés y dioses espantosos. Charcosombrío seguía sin confiar en él, pero consintió en cruzarlo con los niños.

La ascensión hasta la corona del puente fue larga y pesada. Las enormes piedras habían caído en muchos lugares, dejando aberturas terribles por las que se podía ver la furiosa corriente de agua a cientos de metros por debajo de ellos. Incluso vieron una águila que pasaba volando bajo sus pies. Cuanto más subían, más frío hacía, y el viento soplaba con tal fuerza que apenas podían mantener el equilibrio; parecía hacer temblar el mismo puente.

Al llegar a lo alto y contemplar la pendiente que les aguardaba al otro lado descubrieron lo que parecían los restos de una antigua calzada de gigantes extendiéndose ante ellos hasta perderse en el interior de las montañas. Faltaban muchas losas y existían amplias zonas de hierba entre las que quedaban. Y cabalgando hacia ellos por aquella vieja carretera había dos personas del tamaño de un humano adulto.

—Seguid. Vayamos hacia ellos —indicó Charcosombrío—. Es probable que cualquiera que uno encuentre en un lugar como éste sea un enemigo, pero no debemos permitir que piensen que tenemos miedo.

Cuando por fin abandonaron el puente y pisaron la hierba del otro extremo, los dos desconocidos se hallaban ya bastante cerca. Uno era un ca-

ballero con una armadura completa y la visera bajada. Tanto la armadura como el caballo eran negros, y no había ningún símbolo en el escudo ni banderín en la lanza. El otro viajero era una dama montada en un caballo blanco, un caballo tan hermoso que entraban ganas de besarle el hocico y darle un terrón de azúcar nada más verlo; pero la dama, que montaba a mujeriegas y llevaba un vestido largo y vaporoso de deslumbrante color verde, era más hermosa aún.

—Buen día tengáis, viajerrros —exclamó con una voz tan dulce como el canto más dulce de un pájaro, haciendo trinar las erres de un modo delicioso—. Algunos de vosotrrros debéis serrr jóvenes peregrrrinos para estar recorrrriendo este pedrrregoso erial.

—Puede ser, señora —respondió Charcosombrío en tono envarado y en guardia.

—Buscamos la Ciudad en Ruinas de los gigantes —dijo Jill.

—¿La Ciudad en Rrruinas? —inquirió la dama—. Es extraño buscar un lugar así. ¿Qué haréis si lo encontráis?

—Hemos de... —empezó a decir Jill, pero Charcosombrío la interrumpió.

—Disculpad, señora. Pero no os conocemos ni a vos ni a vuestro amigo, que es un tipo muy callado, ¿no es cierto?, y vos no nos conocéis a nosotros. Y la verdad es que preferimos no hablar de nuestros asuntos a desconocidos, si no os importa. ¿Creéis que va a llover?

La dama lanzó una carcajada: la carcajada más sonora y musical que imaginar se pueda.

—Bien, niños —dijo—, os acompaña un guía sabio y solemne. No me molesta que sea rrreservado, pero yo no lo seré. He oído mencionar a menudo el nombre de la «Ciudad Ruinosa» de los gigantes, pero jamás he encontrado a nadie que me dijera cómo llegar allí. Esta calzada conduce a la villa y al castillo de Harfang, donde habitan los gigantes bondadosos. Son tan apacibles, educados, prudentes y corteses como estúpidos, feroces, salvajes y dados a toda clase de brutalidades son los que viven en el Páramo de Ettin. En Harfang tal vez o tal vez no obtengáis noticias sobre la Ciudad Ruinosa, pero lo que desde luego encontraréis será buen alojamiento y anfitriones divertidos. Lo más prudente sería que pasarais allí el invierno o, al menos, que os quedarais unos cuantos días para descansar y recuperar fuerzas. Allí encontraréis baños humeantes, camas blandas y chimeneas encendidas; y tendréis asados, panes, dulces y bebida en vuestra mesa cuatro veces al día.

—¡Vaya! —exclamó Scrubb—. ¡Eso no está nada mal! Imagina volver a dormir en una cama.

—Sí, y darse un buen baño caliente —repuso Jill—. ¿Creéis que nos pedirán que nos quedemos? No los conocemos, ¿sabéis?

—Limitaos a decirles que la Dama de la Saya Verde los saluda a través de vosotros, y les ha envía a dos hermosos niños del sur para el Banquete de Otoño.

—Gracias, muchísimas gracias —dijeron Jill y Scrubb.

—Pero tened cuidado —siguió la dama— de que, sea cual sea el día que lleguéis a Harfang, no os presentéis allí demasiado tarde. Pues cierran las puertas pocas horas después del mediodía y es costumbre en el castillo no abrirlas a nadie una vez que han corrido el cerrojo, por muy fuerte que llamen.

Los niños le volvieron a dar las gracias, con ojos relucientes, y la dama se despidió de ellos agitando la mano. El meneo de la Marisma se quitó el sombrero picudo y le dedicó una envarada reverencia. Luego el caballero silencioso y la dama hicieron que sus caballos iniciaran la ascensión por la empinada pendiente del puente con un gran estrépito de cascos.

—¡Vaya! —dijo Charcosombrío—. No sabéis lo que daría por saber de dónde venía y adónde iba. No es de la clase de personas que uno espera encontrar en las zonas salvajes del País de los Gigantes, ¿no es cierto? No trama nada bueno, estoy seguro.

—¡Tonterías! —soltó Scrubb—. En mi opinión fue sencillamente estupenda. Y pensad en las comidas calientes y las habitaciones acogedoras. Espero que Harfang no esté demasiado lejos.

—Lo mismo pienso yo —indicó Jill—. Y ¿no os parece que llevaba un vestido magnífico? Y ¡qué caballo!

—De todos modos —intervino Charcosombrío—. Desearía que supiéramos un poco más sobre ella.

—Yo iba a preguntarle más cosas —repuso Jill—, pero ¿cómo podía hacerlo cuando tú no quisiste decirle nada sobre nosotros?

—Sí —dijo Scrubb—. Y ¿por qué te mostraste tan estirado y desagradable? ¿No te gustaban?

—¿Que si no me gustaban? —inquirió él—. ¿Quiénes? Yo sólo vi a una persona.

—¿No viste al caballero? —preguntó Jill.

—Vi una armadura —respondió Charcosombrío—. ¿Por qué no habló?

—Supongo que era tímido —repuso la niña—. O tal vez sólo quiere mirarla a ella y escuchar su encantadora voz. Estoy segura de que yo lo haría si fuera él.

—Me preguntaba —comentó Charcosombrío— qué se vería realmente si se alzase la visera de aquel yelmo y se mirase en su interior.

—¡Maldita sea! —dijo Scrubb—. ¡Piensa en la forma de la armadura! ¿Qué podía haber en su interior excepto un hombre?

—¿Qué tal un esqueleto? —inquirió el meneo de la Marisma como si fuera lo más divertido del mundo—. O tal vez —añadió como si se le acabara de ocurrir—, ¡nada! Quiero decir, nada que se pudiera ver. Alguien invisible.

—Realmente, Charcosombrío —dijo Jill con un estremecimiento—, tienes unas ideas espantosas. ¿Cómo se te ocurren esas cosas?

—¡Al demonio con sus ideas! —exclamó Scrubb—. Siempre espera lo peor, y siempre se equivoca. Pensemos en esos gigantes bondadosos y pongámonos en marcha hacia Harfang tan de prisa como podamos. Ojala supiera a qué distancia está.

Y entonces estuvieron a punto de tener la primera de aquellas disputas que Charcosombrío había pronosticado: no era que Jill y Scrubb no hubieran discutido e intercambiado insultos con bastante frecuencia antes, pero aquélla era la primera desavenencia seria. Charcosombrío no quería que fueran a Harfang. Dijo que no sabía cuál podría ser la idea que tenía un gigante sobre ser «amable», y que, de todos modos, las señales de Aslan no habían mencionado nada sobre alojarse con gigantes, amables o no.

Los niños que, por otra parte, estaban hartos del viento y la lluvia, de aves flacuchas asadas en fogatas y de dormir sobre un suelo frío y duro, estaban empeñados en visitar a los gigantes bondadosos. Finalmente, Charcosombrío dio su conformidad, pero con una única condición: los niños debían prometerle que, a menos que él les diera permiso, no contarían a los gigantes bondadosos que venían de Narnia ni que buscaban al príncipe Rilian. Lo prometieron y reanudaron la marcha.

Tras aquella conversación con la dama las cosas empeoraron de dos maneras distintas. En primer lugar el terreno era mucho más difícil. La calzada discurría a través de interminables valles estrechos por los que siempre les soplaba en el rostro un cortante viento del norte. No había nada que pudieran utilizar como leña ni existían hondonadas pequeñas y agradables en las que acampar, como las que había habido en el páramo; además, el suelo estaba cubierto de piedras, que hacían que los pies les dolieran durante el día y todo el resto del cuerpo durante la noche.

En segundo lugar, fuera cual fuese la intención de la dama al hablarles sobre Harfang, el efecto que tuvo sobre los niños fue malo. No eran capaces de pensar en otra cosa que no fueran camas, baños, comida caliente y lo agradable que sería estar dentro de una casa. Ya nunca hablaban sobre Aslan ni tampoco sobre el príncipe desaparecido; y además Jill abandonó su costumbre de repetir para sí las señales cada noche y cada mañana. Al principio, se dijo que estaba demasiado cansada, pero pronto se olvidó completamente. Y si bien se habría esperado que la idea de pasárselo bien en Harfang los hiciera sentirse más animados, en realidad provocó que tuvieran más lástima de sí mismos y se mostraran más gruñones e irascibles entre sí y con Charcosombrío.

Finalmente, una tarde llegaron a un lugar donde el desfiladero por el que viajaban se ensanchaba, y abetos oscuros se alzaban a ambos lados. Al mirar al frente vieron que habían cruzado las montañas. Ante ellos se extendía una llanura desolada y rocosa: más allá de ésta, nuevas montañas coronadas de nieve. Sin embargo, entre ellos y esas otras montañas se elevaba una colina baja con una cima achatada e irregular.

—¡Mirad! ¡Mirad! —gritó Jill, y señaló al otro lado de la llanura.

Allí, por entre la creciente oscuridad, de detrás de la colina achatada, todos pudieron ver luces. ¡Luces! No la luz de la luna, ni de fogatas, sino una hogareña y reconfortante hilera de ventanas iluminadas. Si no has estado nunca en una zona desierta, de día y de noche, durante semanas, difícilmente comprenderás cómo se sintieron.

—¡Harfang! —chillaron Scrubb y Jill con voces satisfechas y emocionadas.

—Harfang —repitió Charcosombrío con voz apagada y abatida; pero añadió—: ¡Vaya! ¡Gansos salvajes!

Se quitó el arco del hombro al instante y derribó un ganso bien cebado. Era demasiado tarde para pensar en llegar hasta la ciudad aquel día, pero tuvieron una comida caliente y una fogata, y por primera vez en una semana, entraron en calor. Cuando se apagó la fogata, la noche se tornó terriblemente fría, y cuando despertaron a la mañana siguiente, las mantas estaban rígidas por culpa de la escarcha.

—¡No importa! —declaró Jill, pateando el suelo—. ¡Tomaremos un baño caliente esta noche!

CAPÍTULO 7

La colina de las Zanjas Asombrosas

No se puede negar que el día fue espantoso. Sobre sus cabezas el cielo estaba gris, cubierto de nubes que presagiaban nieve; bajo los pies, una helada negra cubría el suelo y, a su alrededor, soplaba un viento que parecía capaz de arrancarle a uno la piel. Cuando por fin alcanzaron la llanura descubrieron que aquella parte de la antigua calzada estaba en un estado mucho más ruinoso que cualquier otra que hubieran visto hasta entonces. Tuvieron que avanzar con cuidado por encima de enormes piedras rotas, entre peñascos y a través de cascotes: un avance difícil para unos pies doloridos. Y, no obstante lo cansado que resultaba, hacía demasiado frío para detenerse.

Sobre las diez de la mañana los primeros copos de nieve diminutos descendieron perezosamente y se posaron en el brazo de Jill. Al cabo de diez

minutos caían con más abundancia y unos veinte minutos más tarde el suelo resultaba ya percep-
tiblemente blanco. Pasada una buena media hora,
una nevada fuerte y continua, que daba la impresión de ir a durar todo el día, les azotaba el rostro
de tal modo que apenas podían ver.

Para comprender lo que sucedió a continuación
hay que recordar lo poco que podían ver. A medida que se acercaban a la colina baja que los sepa-
raba del lugar en el que habían aparecido las ventanas iluminadas, se quedaron sin una visión de
conjunto, pues apenas distinguían unos pocos pasos al frente, y eso después de entrecerrar bien los
ojos. Huelga decir que nadie hablaba.

Cuando llegaron al pie de la colina vislumbra-
ron lo que podrían ser rocas a ambos lados, unas
rocas más o menos cuadradas si se las miraba con

atención, pero nadie lo hizo. Todos estaban más preocupados por el desnivel situado justo frente a ellos, que les impedía el paso y que tenía una altura aproximada de un metro veinte. El meneo de la Marisma, con sus piernas tan largas, no tuvo ninguna dificultad para saltar por encima de ésta, y a continuación ayudó a los niños a subir. Resultó una tarea húmeda y desagradable para ellos, aunque no para él, pues había una buena capa de nieve sobre el desnivel en aquellos momentos. Luego tuvieron que realizar una ascensión empinadísima —Jill se cayó en una ocasión— por terreno muy accidentado durante unos cien metros, hasta que llegaron a un segundo desnivel. En conjunto había cuatro de ellos, situados a intervalos irregulares.

Cuando finalmente consiguieron subir el cuarto desnivel, quedó bien claro que se encontraban ya en lo alto de la colina chata. Hasta aquel momento la ladera les había proporcionado cierta protección; allí, recibieron de pleno toda la furia del viento. Pues la colina, curiosamente, era tan plana en lo alto como lo había parecido desde lejos: una enorme meseta uniforme por la que la tormenta discurría violentamente sin encontrar resistencia. En muchas zonas apenas había una capa de nieve, ya que el viento no dejaba de levantarla del suelo en forma de láminas y nubes que arrojaba contra sus rostros. Y alrededor de sus pies corrían pequeños remolinos de copos como se ven correr a menudo sobre el hielo; en realidad, en muchos lugares la superficie era casi tan lisa como el hielo. Además, para empeorar más las cosas, estaba cruzada y entrecruzada por curiosos terraplenes o diques, que a veces la dividían en cuadrados y rectángulos. Como era natural, había que escalarlos todos; sus alturas variaban entre el medio metro y el metro y medio y tenían un grosor de unos doscientos metros. En el lado norte de cada terraplén la nieve formaba ya profundos ventisqueros; y tras cada ascensión iban a parar al interior de uno de ellos y quedaban empapados.

Avanzando a duras penas con la capucha subida, la cabeza gacha y las manos entumecidas en el interior de la capa, Jill distinguía fugaces imágenes de otras cosas raras en aquella horrible meseta; cosas a su derecha que tenían un vago parecido con chimeneas de fábricas, y, a su izquierda, un enorme risco, más recto que ningún otro. Pero no le interesaba, así que no hizo ni caso. En lo único en lo que pensaba era en sus manos heladas (y también en la nariz, la barbilla y las orejas) y en baños calientes y camas en Harfang.

De repente resbaló, patinó algo así como metro y medio, y descubrió, horrorizada, que se deslizaba al interior de una sima negra y estrecha que daba la impresión de acabar de aparecer ante ella. Medio segundo más tarde había llegado al fondo. Se encontraba en una especie de zanja o surco, de apenas noventa centímetros de anchura, y aunque estaba trastornada por la caída, casi lo primero que advirtió fue su sensación de alivio al encontrarse fuera del alcance del viento; pues las paredes de la zanja se alzaban muy por encima de ella. Lo siguiente que vio fue, naturalmente, los rostros ansiosos de Scrubb y Charcosombrío que la miraban desde el borde.

—¿Te has hecho daño, Pole? —gritó Scrubb.

—Las dos piernas rotas, seguro —gritó Charcosombrío.

Jill se incorporó y les dijo que estaba bien, pero que tendrían que ayudarla a salir.

—¿Dónde te has caído? —preguntó Scrubb.

—En una especie de zanja o un camino hundido o algo así —respondió ella—, discurre bastante recto.

—Sí, diantre —dijo el niño—, ¡y va en dirección norte! ¿No será una carretera? Si lo fuera, estaríamos a cubierto de este viento infernal ahí abajo. ¿Hay mucha nieve en el fondo?

—Casi nada. Supongo que el viento la arrastra por la parte superior.

—¿Qué hay más adelante?

—Espera un segundo. Iré a ver.

Se levantó y avanzó por la zanja; pero antes de que hubiera ido muy lejos, el sendero giró bruscamente a la derecha. La niña les transmitió la información a gritos.

—¿Qué hay al doblar la esquina? —quiso saber Scrubb.

Resultaba que Jill sentía por los pasillos tortuosos y los lugares oscuros y subterráneos lo mismo que Scrubb por los bordes de los precipicios. La niña no tenía la menor intención de doblar aquella esquina sola; en especial tras escuchar a Charcosombrío que berreaba a voz en cuello a su espalda:

—Ten cuidado, Pole. ¡Podría conducir a la cueva de un dragón! Y en un país de gigantes, podrían existir gusanos o cucarachas gigantes.

—No creo que conduzca demasiado lejos —respondió Jill, regresando apresuradamente.

—Creo que voy a echar un vistazo —declaró Scrubb—. ¿Qué quieres decir con «no demasiado lejos»? Vamos a ver.

Así que se sentó en el borde de la zanja —todos estaban tan calados que no se preocupaban por si se mojaban un poco más— y se dejó caer al interior. Apartó a Jill y, aunque el muchacho no dijo nada, la niña estaba convencida de que él sabía que había sentido miedo. Por lo tanto lo siguió de cerca, aunque tuvo buen cuidado de no colocarse delante de él.

De todos modos, resultó una exploración decepcionante. Doblaron a la derecha y siguieron recto unos pasos, luego llegaron a un punto donde debían elegir la dirección a seguir: recto de nuevo o un brusco giro a la derecha.

—Eso no sirve de nada —declaró Scrubb, echando una ojeada a la curva a la derecha—, eso volvería a llevarnos de vuelta... al sur.

Siguió recto, pero una vez más, unos cuantos pasos más allá, encontraron un segundo giro a la derecha. En aquella ocasión no había elección, pues la zanja por la que iban finalizaba allí.

—Inútil —gruñó el niño.

Jill no perdió tiempo en dar la vuelta y encabezar la marcha de regreso al punto de partida. Cuando estuvieron de vuelta en el lugar donde había caído la niña, el meneo de la Marisma no tuvo ninguna dificultad en sacarlos con la ayuda de sus largos brazos.

Sin embargo, resultó espantoso volver a estar en lo alto. Abajo, en aquellas zanjas tan estrechas, las orejas casi habían empezado a descongelárseles, y también habían podido ver con claridad, respirar bien y escucharse mutuamente sin tener que chillar. Fue algo espantoso regresar a aquel frío insoportable. Y realmente pareció muy duro cuando Charcosombrío escogió aquel momento para decir:

—¿Estás todavía segura de esas indicaciones, Pole? ¿Cuál deberíamos buscar ahora?

—¡Vaya! Al cuerno con las indicaciones —exclamó ella—. Algo sobre mencionar el nombre de Aslan, creo. Pero desde luego no voy a ponerme a recitar aquí.

Como puedes ver, había cambiado por completo el orden, y eso se debía a que había dejado de recitar las señales por las noches. Todavía las conocía, si se molestaba en hacer memoria; pero ya no se las sabía tan al dedillo como para estar segura de poder enumerarlas en el orden correcto en un instante y sin pensar. La pregunta de Charcosombrío la irritó porque, en lo más hondo de su ser, estaba ya molesta consigo misma por no saberse la lección del león tan bien como debía hacerlo. Aquel disgusto, añadido al suplicio de estar helada y cansada, le hizo decir: «Al cuerno con las señales». Aunque puede que en realidad no lo pensara.

—Ésa era la siguiente ¿no? —dijo Charcosombrío—. ¿Seguro que no te equivocas? No me sorprendería que te hubieras hecho un lío con ellas. Me parece que esta colina, este lugar llano sobre el que estamos, merece que nos detengamos a echarle un vistazo. Habéis observado que...

—¡Cielos! —exclamó Scrubb—. ¿Te parece que éste es el mejor momento para detenerse y admirar el paisaje? Por el amor de Dios, sigamos adelante.

—Mirad, mirad, mirad —gritó Jill y señaló con la mano.

Todos se volvieron y todos lo vieron. A cierta distancia hacia el norte, y mucho más alta que la meseta en la que se encontraban, había aparecido una hilera de luces. En aquella ocasión, de un modo mucho más evidente que cuando los viajeros las habían visto la noche anterior, se advertía que eran ventanas: ventanas pequeñas que hacían pensar en dormitorios mullidos y ventanas más grandes que hacían pensar en grandes salas con un fuego vivo en la chimenea y sopa caliente o solomillos jugosos humeando sobre la mesa.

—¡Harfang! —exclamó Scrubb.

—Eso está muy bien —dijo Charcosombrío—; pero lo que yo decía era que...

—Cállate —lo atajó Jill, malhumorada—. No tenemos un momento que perder. ¿No recordáis lo que la dama dijo sobre que cerraban las puertas tan temprano? Debemos llegar a tiempo, debemos hacerlo. Moriremos si nos quedamos fuera en una noche como ésta.

—Bueno, no es exactamente de noche. Aún no —empezó a decir Charcosombrío; pero los dos niños dijeron al unísono: «Vamos», y empezaron a andar trastabillando sobre la resbaladiza meseta tan de prisa como lo permitían sus piernas. El meneo de la Marisma los siguió, hablando aún, pero ahora que tenían que avanzar contra el viento otra vez no habrían podido oírlo ni aunque hubieran querido. Y lo cierto era que no querían. Pensaban en cuartos de baño, camas y bebida caliente; y la idea de llegar a Harfang demasiado tarde y quedarse fuera les resultaba casi insoportable.

A pesar de su celeridad, tardaron mucho tiempo en cruzar la llana superficie de aquella colina. E incluso cuando la hubieron cruzado, todavía hubo varios desniveles que tuvieron que bajar del otro lado. No obstante, finalmente llegaron abajo y pudieron ver cómo era Harfang.

Se alzaba sobre un elevado risco y, pese a sus muchas torres, era más parecido a una casa enorme que a un castillo. Era evidente que los Gigan-

tes Bondadosos no temían ningún ataque. Había ventanas en el muro exterior bastante cerca del suelo; algo que nadie tendría en una fortaleza seria. Incluso existían curiosas puertecitas aquí y allá, de modo que resultaba bastante fácil entrar y salir del castillo sin pasar por el patio. Aquello animó a Jill y Scrubb. Hacía que todo el lugar resultara más amigable y menos imponente.

Al principio la altura y pendiente del risco los asustó, pero al poco observaron que había un sendero más practicable a la izquierda y que la carretera discurría hacia él. Fue una ascensión terrible, tras el viaje que habían realizado, y Jill estuvo a punto de abandonar. Scrubb y Charcosombrío tu-

vieron que ayudarla durante los últimos cien metros hasta que por fin se encontraron ante la entrada del castillo. El rastrillo estaba alzado y la
puerta abierta.

Por muy cansado que uno esté, hace falta bastante descaro para presentarse ante la puerta
principal de un gigante; así pues, a pesar de todas
sus anteriores advertencias contra Harfang, fue
Charcosombrío quien demostró más valor.

—Con paso firme, ahora —dijo—. No os mos-
tréis asustados, hagáis lo que hagáis. Hemos co-
metido la mayor estupidez del mundo al venir
aquí; pero ahora que hemos llegado, será mejor
que nos enfrentemos a ello lo mejor posible.

Con estas palabras avanzó con paso decidido
hasta la entrada, se detuvo bajo el arco donde el
eco ayudaría a aumentar la voz, y llamó tan fuerte como pudo:

—¡Eh! ¡Portero! Tienes huéspedes que buscan
alojamiento.

Y mientras aguardaba a que sucediera algo, se
quitó el sombrero y le dio unos golpecitos para
desprender la pesada capa de nieve acumulada
en la amplia ala.

—Oye —susurró Scrubb a Jill—, tal vez sea un
aguafiestas, pero tiene muchas agallas... y descaro.

Se abrió una puerta, proyectando un delicioso resplandor de fuego de chimenea, y el portero hizo su aparición. Jill se mordió los labios por temor a lanzar un grito. No se trataba de un gigante enorme; es decir, era bastante más alto que un manzano pero no tan alto como un poste de telégrafos. Tenía el pelo rojo y erizado, llevaba un jubón de cuero con placas metálicas sujetas por todas partes para convertirlo en una especie de cota de malla, las rodillas al descubierto —y muy peludas por cierto— y cosas parecidas a polainas en las piernas. Se inclinó y contempló a Charcosombrío con ojos desorbitados.

—Y ¿qué clase de criatura eres tú? —preguntó.

—Por favor —gritó Jill al gigante, haciendo acopio de todo su valor—, la Dama de la Saya Verde saluda al rey de los Gigantes Bondadosos, y nos ha enviado a nosotros, dos niños del sur, y a este meneo de la Marisma, que se llama Charcosombrío, a vuestro Banquete de Otoño. Si eso os resulta conveniente, claro —añadió.

—¡Ajá! —dijo el gigante—. Eso es otra historia muy distinta. Entrad, gente menuda, entrad. Será mejor que entréis a la portería mientras informo a su majestad. —Contempló a los niños con curiosidad—. Rostros azules —dijo—, no sabía que fueran de ese color. No es que me gusten, la verdad, pero apuesto a que os encontráis hermosos el uno al otro. A las cucarachas les gustan otras cucarachas, dicen.

—Nuestros rostros sólo están azules debido al frío —aclaró Jill—. No somos de ese color.

—Entonces entrad y calentaos. Entrad, criaturitas —dijo el portero.

Le siguieron a interior de la portería, y aunque resultó terrible escuchar como una puerta tan enorme se cerraba a su espalda, lo olvidaron todo en cuanto vieron aquello que venían anhelando desde la hora de la cena de la noche anterior: un fuego. Y ¡vaya fuego! Parecía como si cuatro o cinco árboles enteros ardieran en él, y era tan caliente que no podían acercarse a menos de cien metros. Pero todos se dejaron caer sobre el suelo de ladrillos, tan cerca como les fue posible soportar el calor, y lanzaron profundos suspiros de alivio.

—Ahora, jovencito —dijo el portero a otro gigante que había permanecido al fondo de la habitación, contemplando fijamente a los visitantes hasta que pareció que los ojos iban a salírsele de las órbitas—, corre hasta la Casa con este mensaje.

Y repitió lo que Jill le había dicho. El gigante más joven, tras dedicarles una última mirada, y una enorme risotada, abandonó la estancia.

—Ahora, Ranita —dijo el portero a Charcosombrío—, parece que necesitas animarte. —Sacó una botella negra muy parecida a la de Charcosombrío, pero veinte veces mayor—. Veamos, veamos —siguió—. No puedo servirte una copa porque te ahogarías. Veamos. Este salero será justo lo que necesito. No hace falta que lo menciones cuando estés en la Casa. La plata seguirá llegando aquí, y no es culpa mía.

El salero no se parecía a los nuestros, ya que era más estrecho y recto, y resultó una copa bastante adecuada para Charcosombrío cuando el gigante lo colocó en el suelo junto a él.

Los niños esperaban que su compañero la rechazara, desconfiando como lo hacía de los Gigantes Bondadosos; pero se limitó a farfullar:

—Es tarde para pensar en tomar precauciones ahora que estamos dentro y la puerta está cerrada a nuestra espalda. —A continuación olisqueó el licor—. Huele bien —declaró—. Pero eso no sirve como guía. Será mejor asegurarse. —Y tomó un sorbito—. También sabe bien. Pero puede que lo parezca al primer sorbo. ¿Cómo sabrá si se sigue bebiendo? —Tomó un trago más largo—. ¡Ah! Pero ¿sabe siempre igual de bien? —Y tomó otro—. Seguro que habrá algo malo en el fondo —afirmó, y se acabó la bebida; a continuación se lamió los labios y comentó a los niños—: Esto será una prueba, ¿sabéis? Si me hago un ovillo, estallo, me convierto en un lagarto o en cualquier otra cosa, sabréis que no debéis tomar nada de lo que os ofrezcan.

Pero el gigante, que se encontraba demasiado alto para escuchar lo que Charcosombrío había murmurado, lanzó una carcajada y dijo:

—Vaya, Ranita, eres todo un hombre. ¡Hay que ver cómo se lo ha echado entre pecho y espalda!

—Un hombre no... un meneo de la Marisma —replicó Charcosombrío con una voz algo confusa—. Tampoco soy una rana, sino un meneo de la Marisma.

En aquel momento la puerta se abrió a sus espaldas y el gigante más joven entró anunciando:

—Tienen que ir al salón del trono inmediatamente.

Los niños se pusieron en pie pero Charcosombrío permaneció sentado y dijo:

—Meneo de la Marisma. Meneo de la Marisma. Meneo de la Marisma. Un meneo de la Marisma muy respetable. Un «respetameneo».

—Muéstrales el camino, jovencito —indicó el gigante Portero—. Será mejor que lleves a cuestas a Ranita. Ha tomado un trago más de lo que le convenía.

—No me sucede nada —protestó Charcosombrío—. No soy una rana. No tengo nada de rana. Soy un respetamovido.

Pero el joven gigante lo agarró por la cintura e hizo una seña a los niños para que lo siguieran, y de ese modo tan poco decoroso atravesaron el patio. Charcosombrío, sujeto en el puño del gigante, y pateando ligeramente el aire, realmente parecía una rana; aunque los niños no tuvieron mucho tiempo para advertirlo, pues no tardaron en cruzar la enorme puerta del edificio principal del castillo —con el corazón latiéndoles mucho más de prisa de lo normal— y, tras recorrer varios corredores al trote para poder seguir el ritmo de los pasos del gigante, se encontraron parpadeando bajo la luz de una sala enorme, donde relucían las lámparas y un fuego ardía con fuerza en la chimenea y ambas cosas se reflejaban en los dorados del techo y de las cornisas. Había más gigantes de los que pudieron contar de pie a su derecha e izquierda, todos espléndidamente ataviados; y en dos tronos situados en el otro extremo estaban sentadas dos figuras enormes que parecían ser el rey y la reina.

Se detuvieron a unos seis metros de los tronos. Scrubb y Jill realizaron un torpe intento de reverencia (a los niños no se les enseñaba a hacer reverencias en la Escuela Experimental) y el joven gigante depositó con cuidado a Charcosombrío en el suelo, donde se desplomó en una especie de posición sentada. Para ser sinceros, lo cierto es que sus largas extremidades le daban un aspecto extraordinariamente parecido al de una araña enorme.

CAPÍTULO 8

La Casa de Harfang

—Vamos, Pole, te toca a ti —susurró Scrubb.

Jill descubrió que tenía la boca tan seca que era incapaz de articular palabra e hizo enérgicas señas con la cabeza a su compañero.

Diciéndose que jamás la perdonaría, ni tampoco a Charcosombrío, Scrubb se pasó la lengua por los labios y gritó en dirección al rey gigante:

—Con vuestro permiso, majestad, la Dama de la Saya Verde os envía saludos a través de nosotros y dijo que estaríais encantados de tenernos aquí para vuestro Banquete de Otoño.

El rey y la reina gigantes intercambiaron una mirada, y sonrieron de un modo que a Jill le dio muy mala espina. A la niña le gustó más el rey que la reina, pues éste tenía una elegante barba rizada y una nariz recta y aguileña, y resultaba bastante apuesto para ser un gigante. La reina estaba espantosamente gorda y tenía papada y un rostro rechoncho y empolvado; lo que no resulta muy agradable en ningún caso, y desde luego mucho menos cuando se es diez veces demasiado grande. Entonces el rey sacó la lengua y se lamió los labios. Cualquiera podría hacerlo: pero su lengua era tan grande y roja, y salió de un modo tan inesperado, que sobresaltó a Jill.

—¡Qué niños tan buenos! —exclamó la reina.

«Tal vez sea ella la simpática, después de todo», pensó la niña.

—Sí, desde luego —repuso el rey—. Unos niños excelentes. Os damos la bienvenida a nuestra corte. Dadme vuestras manos.

Alargó hacia abajo la mano derecha, que estaba muy limpia y con innumerables anillos en los dedos, pero también con uñas terriblemente puntiagudas. El monarca era demasiado grande para poder estrechar las manos que los niños, el uno detrás del otro, alzaron hacia él; pero les agarró los brazos.

—Y ¿«esto» qué es? —preguntó el rey, señalando a Charcosombrío.

—Ressspetamneo —contestó éste.

—¡Ay! —chilló la reina, subiéndose las faldas por encima de los tobillos—. ¡Qué cosa tan horrible! Está viva.

—Es buena persona, majestad, de verdad que lo es —se apresuró a decir Scrubb—. Os gustará mucho más cuando lo conozcáis mejor. Estoy seguro.

Espero que no pierdas todo interés por Jill durante el resto del libro si te digo que en aquel momento rompió a llorar. Realmente tenía una buena excusa para hacerlo. Sus pies, manos, orejas y nariz estaban empezando a descongelarse; nieve derretida corría por sus ropas; apenas había comido ni bebido en todo el día; y las piernas le dolían tanto que le parecía que no podría seguir de pie mucho más tiempo. De todos modos, aquello fue más beneficioso en aquel momento que ninguna otra cosa, ya que la reina dijo:

—¡Pobre criatura! Mi señor, no está bien que obliguemos a nuestros huéspedes a permanecer de pie. ¡Aprisa, uno de vosotros! Llevaoslos. Dadles comida, vino y un buen baño. Consolad a la niña. Dadle pirulís, muñecas, medicamentos, dadle todo lo que se os ocurra... bebidas calientes, caramelos, alcaraveas, nanas y juguetes. No llores, niñita, o no servirás para nada cuando llegue la hora del banquete.

Jill se sintió tan indignada como lo estaríamos tú y yo ante la mención de juguetes y muñecas; y, aunque las golosinas y los caramelos podían estar muy bien, esperaba con ansia que le proporcionasen algo más sólido. De todos modos, el estúpido discurso de la reina produjo excelentes resultados, pues unos gentilhombres de cámara de tamaño gigantesco alzaron inmediatamente del suelo a Charcosombrío y a Scrubb, y lo propio hizo con Jill una dama de honor gigantesca, y los transportaron a sus habitaciones.

La habitación de Jill era casi del tamaño de una iglesia, y habría resultado bastante lóbrega de no haber sido por el gran fuego que ardía en la chimenea y una alfombra carmesí muy gruesa en el suelo. Y aquí empezaron a sucederle cosas muy agradables. La entregaron a la vieja nodriza de la reina, que era, desde el punto de vista de los gigantes, una mujer diminuta casi totalmente encorvada por la edad, y, desde el punto de vista humano, una giganta lo bastante pequeña como para moverse por una habitación corriente sin golpearse la cabeza contra el techo. Era una mujer muy capaz, aunque Jill deseó que no estuviera todo el tiempo haciendo chasquear la lengua y diciendo cosas como: «¡Oh la, la! Aúpa», «Pichoncito» y «Ahora todo irá bien, muñequita mía».

Llenó un baño de pies para gigantes con agua caliente y ayudó a Jill a meterse en él. Si se sabe nadar —como sucedía con Jill— una bañera de gigantes es algo delicioso. Y las toallas para gigantes, aunque un poco ásperas y toscas, también resultan magníficas, porque no se acaban nunca. En realidad no hace falta secarse, simplemente se dan volteretas sobre ellas frente al fuego y, mientras uno se divierte, se seca. Y cuando aquello finalizó, vistieron a Jill con ropas limpias, nuevas y calientes: prendas espléndidas y un poco demasiado grandes para ella, pero hechas sin lugar a dudas para humanos no gigantes. «Supongo que si esa mujer de la saya verde viene aquí, es que deben de usarlas para huéspedes de nuestro tamaño», pensó la niña.

Pronto comprobó que estaba en lo cierto respecto a aquello, pues colocaron para ella una mesa y una silla del tamaño apropiado para un adulto humano, y los cuchillos, tenedores y cuchillos también lo eran. Resultó encantador sentarse, calentita y limpia por fin. Seguía descalza y era una delicia pisar la alfombra gigante, pues se hundía en ella hasta los tobillos y era justo lo que necesitaban unos pies doloridos. La comida —que supongo que deberíamos llamar cena, aunque era más bien la hora de la merienda— consistió en caldo de pollo y puerros, pavo asado, pudín hervido, castañas asadas y toda la fruta que pudiera comer.

El único fastidio fue que la nodriza no dejaba de entrar y salir, y cada vez que entraba, llevaba un juguete gigante con ella: una muñeca enorme, más grande que la propia Jill, un caballo de madera sobre ruedas, del tamaño de un elefante, un tambor que parecía un pequeño gasómetro y una oveja lanuda. Eran objetos toscos y mal hechos, pintados de colores brillantes, y Jill los aborreció nada más verlos. No dejó de repetir a la nodriza que no los quería, pero ésta dijo:

—Vaya, vaya, vaya. Ya lo creo que los querrás cuando hayas descansado un poco, ¡estoy segura! ¡Vamos, vamos! A la cama. ¡Mi preciosa muñeca!

La cama no era gigante sino una simple cama de cuatro postes, como las que se pueden ver en hoteles anticuados; y además se parecía muy pequeña en aquella habitación enorme. Se sintió encantada de echarse en ella.

—¿Nieva todavía, nodriza? —preguntó, adormilada.

—No, ahora llueve, corazón —respondió la giganta—. La lluvia se llevará toda esa nieve tan repugnante. ¡La muñequita preciosa podrá salir a jugar mañana! —Y arropó a Jill y le deseó buenas noches.

No conozco nada tan desagradable como ser besado por una giganta. Jill pensó lo mismo, pero se quedó dormida al cabo de cinco minutos.

La lluvia cayó sin interrupción toda la tarde y toda la noche, chocando contra las ventanas del castillo, pero Jill no la oyó, pues durmió profundamente hasta pasada la hora de la cena y pasada también la medianoche. Y entonces llegó la hora más silenciosa de la noche y nada se movía excepto los ratones en la casa de los gigantes. Fue en esa hora cuando Jill tuvo un sueño.

Le pareció que despertaba en aquella misma habitación y veía el fuego, medio apagado y rojo, y a la luz de las llamas el enorme caballo de madera. Y el caballo se acercaba por sí solo, rodando sobre sus ruedas por la alfombra, y fue a detenerse junto a su cabeza. Y entonces ya no era un caballo, sino un león tan grande como el caballo; y en seguida ya no fue un león de juguete, sino un león auténtico. El León Real, tal como lo había visto en la montaña situada más allá del Fin del Mundo. Y un aroma a todas las cosas fragantes que existen inundó la habitación. Sin embargo, algo preocupaba a Jill, aunque no se le ocurría qué era, y las lágrimas corrían por sus mejillas y mojaban la almohada. El león le dijo que repitiera las señales, y la niña descubrió que las había olvidado todas. Al darse cuenta, un pavor inmenso se apoderó de ella. Aslan la levantó entre sus fauces —sintió sus labios y su aliento pero no sus dientes—, la transportó hasta la ventana y le hizo mirar al exterior. La luna brillaba con fuerza; y escrito en grandes letras sobre el mundo o el cielo, no supo cuál de las dos cosas, estaban las palabras DEBAJO DE MÍ. Después de aquello el sueño se desvaneció, y cuando despertó, muy tarde a la mañana siguiente, no recordaba haber soñado.

Estaba levantada, vestida y había terminado de desayunar junto al fuego cuando la nodriza abrió la puerta y anunció:

—Aquí están los amiguitos de la muñequita linda que vienen a jugar con ella.

Scrubb y el meneo de la Marisma entraron en la habitación.

—¡Hola! Buenos días —saludó Jill—. ¿No es divertido? Creo que he dormido durante quince horas. Me siento realmente bien, ¿y vosotros?

—Yo sí —respondió Scrubb—, pero Charcosombrío dice que tiene dolor de cabeza. ¡Vaya! Tu ventana tiene un alfeizar. Si nos subimos ahí, podríamos ver el exterior.

Lo hicieron al instante: y tras echar la primera ojeada Jill exclamó:

—¡Cielos, qué espantoso!

Brillaba el sol y, a excepción de unos pocos montones de nieve, ésta había sido totalmente eliminada por la lluvia. Abajo, a sus pies, extendida como un mapa, yacía la plana cima de la colina por la que habían avanzado penosamente la tarde anterior; vista desde el castillo, no se la podía confundir con nada que no fueran las ruinas de una ciudad de gigantes. Había sido plana, como Jill veía entonces, porque estaba todavía, en general, pavimentada, aunque en ciertos lugares el pavimento estaba resquebrajado. Los terraplenes que se entrecruzaban eran lo que quedaba de las paredes de edificios enormes que tal vez habían sido palacios y templos de gigantes en el pasado. Un trozo de muralla, de unos quince metros de altura seguía aún en pie; aquello era lo que la niña había creído que era un risco. Los objetos que habían parecido chimeneas de fábricas eran columnas enormes, rotas a alturas distintas; los fragmentos descansaban junto a sus bases como árboles talados de piedra monstruosa. Los desniveles por los que habían descendido en el lado norte de la colina —y también, sin duda los otros que habían escalado en el lado sur— eran los peldaños que quedaban de una escalera gigantesca. Para coronarlo todo, en letras enormes y oscuras a lo largo del centro del pavimento, estaban escritas las palabras DEBAJO DE MÍ.

Los tres viajeros intercambiaron miradas de desaliento y, tras un corto silbido, Scrubb dijo lo que todos pensaban.

—Hemos pasado por alto la segunda señal. ¡Y la tercera!

Y en ese momento el sueño de Jill regresó a su memoria.

—Es culpa mía —dijo con desesperación—. Había dejado de repetirme las señales por las noches. De haber estado pensando en ellas habría podido ver que se trataba de una ciudad, incluso con toda aquella nieve.

—Peor lo he hecho yo —indicó Charcosombrío—. Yo sí vi, o casi. Pensé que se parecía muchísimo a una ciudad en ruinas.

—Eres el único a quien no se puede culpar —dijo Scrubb—. Intentaste detenernos.

—Pero no lo intenté con suficiente empeño —repuso el meneo de la Marisma—, y mi obligación no era intentarlo, sino hacerlo. ¡Como si no hubiera podido deteneros a cada uno con una mano!

—Lo cierto es —manifestó Scrubb— que estábamos tan ansiosos por llegar a este lugar que no nos preocupábamos de otra cosa. Al menos hablo por mí. Desde el momento en que nos encontramos con aquella mujer que iba acompañada del caballero que no hablaba, no hemos pensado en nada más. Casi nos habíamos olvidado del príncipe Rilian.

—No me sorprendería —apuntó Charcosombrío— que fuera eso exactamente lo que ella pretendía.

—Lo que no acabo de entender —intervino Jill— es cómo no vimos la inscripción. ¿O habrá ido a parar allí anoche? ¿Podría haberla puesto él, Aslan, durante la noche? He tenido un sueño tan raro. —Y les contó lo que había soñado.

—¡Cielos, que estúpidos somos! —exclamó Scrubb—. La vimos. Caímos en la inscripción. ¿No lo entiendes? Caímos dentro de una E. Ésa era tu senda hundida. Anduvimos por el trazo inferior de la E, hacia el norte, giramos a la derecha por el palo vertical, llegamos a otra curva a la derecha, ése era el trazo central, y luego seguimos adelante hasta la esquina superior izquierda, y regresamos. Como los idiotas rematados que somos. —Asestó una violenta patada al alfeizar, y siguió—: Así que no sirve de nada, Pole. Sé en lo que estás pensando porque yo pienso lo mismo. Piensas en lo agradable que habría sido si Aslan no hubiera puesto las instrucciones en las piedras de la ciudad en ruinas hasta después de que hubiéramos pasado por ellas. Y entonces habría sido culpa suya, no nuestra. Podría ser, ¿no? Pues no. Tenemos que reconocerlo. Sólo tenemos cuatro señales para guiarnos, y ya la hemos fastidiado en las tres primeras.

—Querrás decir que la he fastidiado —dijo Jill—. Es cierto. Lo he estropeado todo desde que me trajiste aquí. Sin embargo... lo siento en el alma, pero... ¿cuáles son las instrucciones? DEBAJO DE MÍ no parece tener mucho sentido.

—No obstante lo tiene —dijo Charcosombrío—. Significa que tenemos que buscar al príncipe debajo de esa ciudad.

—Pero ¿cómo podemos hacerlo? —inquirió la niña.

—Ésa es la cuestión —respondió él, frotándose las grandes manos palmeadas—. ¿Cómo podemos hacerlo ahora? Sin duda, si hubiéramos estado pensando en nuestra tarea cuando estábamos en la Ciudad Ruinosa, se nos habría mostrado cómo; habríamos encontrado una puertecita, una cueva o un túnel, encontrado a alguien que nos habría ayudado. Podría haber sido, porque uno nunca sabe, el mismísimo Aslan. Habríamos penetrado bajo esas losas de un modo u otro. Las instrucciones de Aslan siempre funcionan: sin excepción. Pero cómo hacerlo «ahora»... ésa es otra cuestión.

—Bueno, pues tendremos que regresar ahí, supongo —dijo Jill.

—Fácil, ¿no es cierto? —indicó Charcosombrío—. Podríamos intentar abrir esa puerta, para empezar.

Todos miraron la puerta y comprobaron que ninguno de ellos podía alcanzar la manija, y que casi con toda seguridad ninguno podría moverla si lo conseguían.

—¿Creéis que nos dejarán salir si lo pedimos? —inquirió Jill.

Nadie lo dijo, pero todos pensaron: «Supongamos que no nos dejan».

No era una idea agradable. Charcosombrío se oponía radicalmente a cualquier idea que incluyera contar a los gigantes lo que los había llevado hasta allí en realidad y pedir sin más que los dejaran salir al exterior; y desde luego los niños no podían contarlo sin su permiso, porque lo habían prometido. Y los tres estaban más que seguros de que no tendrían la menor oportunidad de escapar del castillo de noche. Una vez que estuvieran en sus habitaciones con las puertas cerradas, estarían prisioneros hasta la mañana; podrían, desde luego, pedir que les dejaran las puertas abiertas, pero eso levantaría sospechas.

—Nuestra única posibilidad —dijo Scrubb— es

intentar escabullirnos de día. ¿No podría haber una hora después del mediodía en que los gigantes durmieran?... Y si pudiéramos bajar a la cocina sin ser vistos, ¿no podría haber allí una puerta abierta?

—No es precisamente lo que yo llamaría una «esperanza» —interpuso el meneo de la Marisma—. Pero es la única esperanza que nos queda.

En realidad, el plan de Scrubb no era tan desesperado como podríamos pensar. Si uno quiere salir de una casa sin ser visto, por la tarde es en cierto modo un mejor momento para intentarlo que en plena noche, pues es más probable que puertas y ventanas estén abiertas; y si te pescan, siempre se puede fingir que uno ha salido a pasear y no tiene ningún plan en especial. Sin embargo, resulta muy difícil convencer de eso a gigantes o adultos si a uno lo descubren saltando por la ventana de su dormitorio a la una de la madrugada.

—Aunque debemos tomarlos por sorpresa —siguió Scrubb—. Tenemos que fingir que nos encanta estar aquí y que ansiamos que llegue ese Banquete de Otoño.

—Es mañana por la noche —dijo Charcosombrío—. Oí que uno lo decía.

—Bien —repuso Jill—, pues debemos fingir estar emocionadísimos, y no dejar de hacer preguntas. De todos modos, creen que somos unos niños ingenuos y eso facilitará las cosas.

—Alegres —indicó Charcosombrío con un profundo suspiro—. Así es como debemos mostrarnos. Alegres. Como si no nos preocupara nada. Juguetones. Vosotros dos, jovencitos, no acostumbráis a mostraros muy animados, según he notado. Debéis observarme, y hacer lo que yo haga. Me mostraré alegre. Así. —Y adoptó una espantosa sonrisa burlona—. Y juguetón. —En ese punto realizó una cabriola de lo más lúgubre—. Pronto os acostumbraréis, si mantenéis los ojos puestos en mí. Creen ya que soy un tipo gracioso, ¿sabéis? Me atrevería a decir que vosotros dos pensabais que estaba un poquitín achispado anoche, pero os aseguro que era, bueno, en gran parte, fingido. Se me ocurrió que tal vez resultara útil.

Los niños, al hablar sobre sus aventuras más tarde, jamás se sintieron muy seguros de si aquella última declaración era estrictamente cierta; pero sí estuvieron seguros de que Charcosombrío la consideraba cierta cuando la hizo.

—De acuerdo. Alegre es la palabra —dijo Scrubb—. Ahora, si consiguiéramos que alguien nos abriera esta puerta... Mientras nos dedicamos a hacer el tonto y a ser alegres, hemos de descubrir todo lo que podamos sobre este castillo.

Por suerte, justo en ese instante la puerta se abrió, y la nodriza gigante entró a toda velocidad diciendo:

—Vamos, hijitos. ¿Os gustaría ver al rey y a toda la corte disponiéndose a salir de cacería? ¡Es un espectáculo precioso!

No perdieron ni un momento en pasar corriendo por su lado y descender por la primera escalera que encontraron. El sonido de los perros, los cuernos de caza y las voces de los gigantes los guiaron, de modo que a los pocos minutos llegaron al patio. Todos los gigantes iban a pie, pues no existen caballos gigantes en esa parte del mundo, y los gigantes cazan a pie; como la caza con perros en Inglaterra. Los sabuesos también eran de tamaño normal.

Al ver que no había caballos, Jill se sintió sumamente decepcionada, pues estaba segura de que aquella reineta gorda jamás correría a pie tras los sabuesos; y resultaría un gran impedimento tenerla en la casa todo el día. Pero entonces vio a la soberana en una especie de litera sostenida sobre los hombros de seis gigantes jóvenes. La muy ridícula iba toda vestida de verde y tenía un cuerno de caza junto a ella. Veinte o treinta gigantes, incluido el rey, se habían reunido, listos para la caza, charlando y riendo de tal modo que ensordecían: y abajo a sus pies, casi a la altura de Jill, había colas en movimiento, ladridos, bocas abiertas y babeantes y hocicos de perros que les lamían las manos.

Charcosombrío empezaba ya a adoptar lo que consideraba una actitud alegre y juguetona —que lo habría estropeado todo si hubiera sido advertida— cuando Jill, exhibiendo su sonrisa infantil más atractiva, corrió hacia la litera de la reina y gritó:

—¡Por favor! No os vais, ¿verdad? ¿Regresaréis?

—Sí, querida —respondió la reina—. Regresaré esta noche.

—Magnífico. ¡Genial! —siguió Jill—. Y podemos ir al banquete mañana por la noche, ¿verdad? ¡Tenemos tantas ganas de que llegue mañana por la noche! Y nos encanta estar aquí. Y mientras no estáis, podemos recorrer el castillo y verlo todo, ¿verdad que podemos? Decid que sí.

La reina dijo sí, pero las carcajadas de todos los cortesanos casi ahogaron su voz.

CAPÍTULO 9

———

Cómo descubrieron algo que valía la pena saber

Sus compañeros admitieron más tarde que Jill había estado magnífica aquel día. En cuanto el rey y el resto del grupo de caza partieron, la niña inició una visita a todo el castillo y se dedicó a hacer preguntas, pero todo con un aire tan inocente e infantil que nadie podía sospechar una doble intención. Si bien su lengua no estuvo quieta ni un instante, no se podía decir que hablara, precisamente: parloteaba y reía tontamente. Dedicó carantoñas a todo el mundo; a los mozos, a los porteros, a las doncellas, a las damas de honor y a los ancianos lores gigantes cuyos días de caza habían quedado atrás. Permitió que un número indefinido de gigantas la besaran y acariciaran, muchas de las cuales parecían apenadas y la llamaron «pobre criatura» aunque ninguna le explicó el motivo. Se hizo amiga íntima de la cocinera y descubrió el importantísimo dato de que existía una puerta en el fregadero que permitía salir al otro lado de la muralla principal, de modo que no se tenía que cruzar el patio ni pasar ante la enorme torre de la entrada. En la cocina fingió ser muy glotona, y devoró toda clase de sobras que la cocinera y los pinches le dieron encantados. Por otra parte, arriba entre las damas hizo preguntas sobre cómo iría vestida para el gran banquete, cuánto tiempo le permitirían permanecer levantada, y si podría bailar con algún gigante muy, muy pequeñito. Y luego —y se sonrojaba terriblemente al recordarlo más tarde— ladeaba la cabeza de un modo idiota que los adultos, tanto los gigantes como los que no lo son, consideraban muy atractivo, sacudía los rizos y se removía inquieta, diciendo:

—¡Ojalá fuera ya mañana por la noche! ¿no os parece? ¿Creéis que el tiempo pasará de prisa hasta entonces?

Y todas las gigantas decían que era una niñita encantadora; y algunas se llevaban enormes pañuelos a los ojos como si estuvieran a punto de echarse a llorar.

—Son tan dulces a esa edad —dijo una giganta a otra—. Es una lástima...

Scrubb y Charcosombrío hicieron todo lo que pudieron, pero las chicas son mejores para ese tipo de cosas que los chicos. Y por supuesto, incluso los chicos lo hacen mejor que los meneos de la Marisma.

A la hora del almuerzo sucedió algo que hizo que los tres desearán más ansiosamente que nunca abandonar el castillo de los Gigantes Bondadosos. Almorzaron en una mesa pequeña para ellos solos, cerca de la chimenea. En una mesa más grande, a unos veinte metros de distancia, comía media docena de gigantes. Su conversación era tan escandalosa y resonaba tan alto, que los niños no tardaron en prestarle tan poca atención como la que se presta a las bocinas o a los ruidos del tráfico de la calle cuando uno está en casa. Comían fiambre de carne de venado, una comida que Jill no había probado nunca antes, y que encontraba muy sabrosa.

De improviso Charcosombrío se volvió hacia ellos, y su rostro se había vuelto tan pálido que se distinguía la palidez por debajo de su tez, que era de un color turbio por naturaleza.

—No toméis ni un bocado más —les dijo.

—¿Qué sucede? —preguntaron los otros dos en un susurro.

—¿No habéis oído lo que han dicho esos gigantes? «Es una pierna de venado muy tierna», ha dicho uno de ellos. «Entonces ese ciervo era un mentiroso», responde otro. «¿Por qué?», pregunta el primero. El segundo dice: «Pues porque dijeron que cuando lo atraparon les dijo: "No me matéis, estoy duro. No os gustaré"».

Por un momento Jill no comprendió el significado real de aquello. Pero lo hizo cuando Scrubb abrió los ojos con expresión horrorizada y declaró:

—De modo que nos hemos comido un ciervo «parlante».

Aquel descubrimiento no tuvo exactamente el mismo efecto sobre todos ellos. Jill, que era nueva en aquel mundo, sintió pena por el pobre ciervo y consideró que era asqueroso que los gigantes lo hubieran matado. Scrubb, que había estado antes allí y había tenido al menos una Bestia Parlante como amigo, se sintió horrorizado; igual que uno se sentiría ante un asesinato. Pero Charcosombrío, que era narniano, se sintió enfermo y mareado, y sus sentimientos fueron los mismos que habrías notado tú al descubrir que te habías comido a un bebé.

—La cólera de Aslan caerá sobre nosotros —declaró—. Eso pasa por no prestar atención a las señales. Supongo que ahora pesa una maldición sobre nosotros. Si estuviera permitido, lo mejor que podríamos hacer sería tomar estos cuchillos y hundírnoslos en el corazón.

Y poco a poco incluso Jill empezó a verlo desde su punto de vista. En todo caso, ninguno de los tres quiso seguir comiendo. Y, en cuanto les pareció seguro, abandonaron sigilosamente la sala.

Se acercaba la hora del día de la que dependían sus esperanzas de huida, y empezaron a sentirse nerviosos mientras rondaban por los pasillos y esperaban a que todo quedara en silencio. Los gigantes de la sala permanecieron sentados a la mesa un tiempo interminable después de la comida, pues uno calvo estaba contando una historia. Cuando finalizó, los tres viajeros descendieron despacio hacia las cocinas. No obstante, allí había muchos gigantes, o al menos en el fregadero, lavando y guardando las cosas. Resultó una espera angustiosa hasta que éstos terminaron sus tareas y, uno a uno, se secaron las manos y marcharon. Por fin sólo una giganta anciana quedó en la habitación; ésta se entretuvo por aquí y por allá, y finalmente los tres aventureros comprendieron horrorizados que no tenía la menor intención de marcharse.

—Bien, queridos —les dijo—. Esta tarea ya casi está. Vamos a colocar la tetera aquí. Dentro de un rato me tomaré una buena taza de té. Ahora descansaré un poquito. Sed buenos chicos y echad un vistazo en el fregadero y decidme si está abierta la puerta trasera.

—Sí, sí que lo está —dijo Scrubb.

—Magnífico. Siempre la dejo abierta para que Minino pueda entrar y salir, pobrecito.

A continuación se sentó en una silla y colocó los pies sobre otra.

—A lo mejor echo un sueñecito —declaró la giganta—. Ojalá esa maldita partida de caza tarde en regresar.

Sus ánimos se elevaron al oír mencionar lo de la cabezadita, y volvieron a decaer cuando mencionó el regreso de la partida de caza.

—¿A qué hora acostumbran a regresar? —preguntó Jill.

—Nunca se sabe —respondió ella—. Vamos, estaos calladitos un rato, queridos míos.

Retrocedieron al extremo más alejado de la cocina, y se habrían deslizado al interior del fregadero en aquel mismo instante si la giganta no se hubiera incorporado, abierto los ojos y ahuyentado una mosca con la mano.

—Es mejor no intentarlo hasta asegurarnos de que está realmente dormida —susurró Scrubb—. O lo estropearemos todo.

De modo que se acurrucaron en el extremo de la cocina, aguardando y observando. La idea de que los cazadores pudieran regresar en cualquier momento resultaba terrible y, además, la giganta no dejaba de removerse inquieta. Cada vez que pensaban que se había quedado dormida, se movía.

«No puedo soportarlo», se dijo Jill, y para distraerse, empezó a mirar a su alrededor. Justo frente a ella había una mesa amplia y despejada con

dos bandejas para empanada sobre ella, y un libro abierto. Desde luego se trataba de bandejas gigantes para empanada y Jill se dijo que cabría perfectamente, tumbada en una de ellas. Luego trepó al banco situado ante la mesa para echar una mirada al libro y leyó:

GANSO SILVESTRE. *Esta deliciosa ave se puede cocinar de distintos modos.*

«Es un libro de cocina», pensó sin demasiado interés, y echó una ojeada por encima del hombro. Los ojos de la giganta estaban cerrados pero no parecía que estuviera dormida. La niña volvió la mirada hacia el libro. Estaba dispuesto alfabéticamente: y al ver la siguiente entrada su corazón estuvo a punto de dejar de latir. Decía lo siguiente:

HOMBRE. *Este elegante y pequeño bípedo hace ya tiempo que es considerado como un manjar exquisito. Tradicionalmente, forma parte del Banquete de Otoño, y se sirve entre el pescado y la carne. Cada hombre...*

No pudo seguir leyendo. Giró en redondo. La giganta se había despertado y era presa de un ataque de tos. Jill dio un codazo a sus dos compañeros y señaló el libro. Éstos subieron también al banco y se inclinaron sobre las enormes páginas.

Scrubb leía aún cómo cocinar hombres cuando Charcosombrío indicó una reseña situada más adelante. El texto era el siguiente:

MENEO DEL PANTANO. *Algunos entendidos recha-*
zan a este animal rotundamente como no adecuado
para el consumo por parte de los gigantes debido a su
consistencia fibrosa y su gusto fangoso. No obstante, el
gusto puede reducirse en gran medida si...

Jill le tocó el pie, y también el de Scrubb, con suavidad. Los tres volvieron la mirada hacia la giganta. La mujer tenía la boca ligeramente abierta y de su nariz surgía un sonido que en aquel momento les resultó más grato que cualquier música; roncaba. Y entonces fue cuestión de moverse de puntillas, sin atreverse a ir demasiado de prisa, sin apenas osar respirar, hasta haber atravesado el fregadero (los fregaderos de los gigantes apestan), para salir finalmente a la pálida luz solar de una tarde de invierno.

Estaban en la parte alta de un abrupto y pequeño sendero que descendía en una pendiente pronunciada. Y, por suerte, en el lado derecho del castillo; a la vista tenían la Ciudad Ruinosa. En unos pocos minutos estuvieron de vuelta en la amplia y empinada calzada que descendía desde la puerta principal del castillo; aunque también quedaban a la vista de todas las ventanas que daban a ese lado. De haber habido una, dos o cinco ventanas habría existido una razonable posibilidad de que nadie estuviera mirando al exterior; pero su número se acercaba más a cincuenta que a cinco. También advirtieron entonces que la calzada por la que andaban, y a decir verdad todo el terreno entre ellos y la Ciudad Ruinosa, no ofrecía refugio ni para ocultar un zorro; sólo había hierba áspera, guijarros y piedras planas. Para empeorar las cosas, llevaban puestas las ropas que les habían facilitado los gigantes la noche anterior: excepto Charcosombrío, al que nada le había sentado bien. Jill llevaba una túnica de brillante color verde demasiado larga para ella, y sobre ésta una capa escarlata ribeteada de piel blanca. Scrubb vestía medias escarlata, una túnica azul y una capa, una espada con empuñadura de oro, y una gorra adornada con una pluma.

—Vaya puntos de color tan bonitos que sois vosotros dos —masculló Charcosombrío—. Destacáis perfectamente en un día de invierno. El peor arquero del mundo no podría errar a ninguno de los dos si estuvieseis a su alcance. Y hablando de arqueros, no tardaremos mucho en lamentar no tener nuestros arcos. Además, esas ropas vuestras son un poco delgadas, ¿no?

—Sí, ya me estoy congelando —dijo Jill.

Unos minutos antes, cuando se encontraban en la cocina, la niña había pensado que si conseguían salir del castillo, su huida sería casi completa; pero ahora comprendía que la parte más peligrosa estaba aún por llegar.

—Tranquilos, tranquilos —dijo Charcosombrío—. No miréis atrás. No andéis demasiado rápido. Hagáis lo que hagáis, no corráis. Dad la impresión de que paseamos sin más y entonces, si alguien nos ve, a lo mejor no le da importancia. En cuanto parezca que huimos, estamos perdidos.

La distancia hasta la Ciudad Ruinosa parecía más larga de lo que Jill habría creído posible. Sin embargo, poco a poco la iban recorriendo. Entonces se oyó un sonido, y sus dos compañeros lanzaron una exclamación ahogada. Jill, que no sabía lo que era, preguntó:

—¿Qué es eso?

—Un cuerno de caza —musitó Scrubb.

—No corráis, ni siquiera ahora —indicó Charcosombrío—. No, hasta que yo lo diga.

En esa ocasión Jill no pudo evitar echar un vistazo por encima del hombro. Allí, aproximadamente a un kilómetro de distancia, estaban los cazadores, que regresaban por detrás de ellos, a la izquierda.

Siguieron andando. De repente se alzó un gran
clamor de voces de gigantes: luego gritos y chillidos.

—Nos han visto. A correr —dijo Charcosombrío.

Jill se subió las faldas —una prenda horrible
para correr— y corrió. No cabía error posible sobre el peligro que corrían. Oía el ladrido de los
perros; oía vociferar al rey:

—¡Tras ellos, tras ellos! O mañana no tendremos empanadas de hombre.

Iba la última de los tres, obstaculizados los movimientos por el vestido, resbalando sobre piedras sueltas, con el cabello metiéndosele en la
boca y con una opresión en el pecho. Los sabue-

sos estaban cada vez más cerca, y ahora tenía que correr colina arriba, por la cuesta pedregosa que conducía hasta el peldaño más bajo de la escalera gigante. No tenía ni idea de lo que harían cuando llegaran allí, ni cómo podrían estar en mejor posición incluso aunque alcanzaran la cima; pero no pensó en ello. Era como un animal perseguido; mientras la jauría fuera tras ella, debía correr hasta desplomarse de agotamiento.

El meneo de la Marisma iba delante. Al llegar al peldaño más bajo se detuvo, miró ligeramente a su derecha, y se introdujo de repente en un agujerito o hendidura que había a sus pies. Sus largas piernas, al desaparecer en su interior, recordaron las de una araña. Scrubb vaciló y luego desapareció tras él. Jill, jadeante y dando traspiés, llegó al lugar al cabo de un minuto. Era un agujero muy poco atractivo; una grieta entre la tierra y la piedra de unos noventa centímetros de longitud y apenas más de treinta de altura. Había que echarse de bruces sobre el rostro y arrastrarse al interior, y eso no se podía hacer muy de prisa. La niña estaba segura de que los dientes de un perro se cerrarían sobre su talón antes de que lograra introducirse en el cobijo.

—Rápido, rápido. Piedras. Tapad la abertura —oyó decir a Charcosombrío en la oscuridad junto a ella.

Estaba negro como boca de lobo allí dentro, excepto por la luz grisácea de la abertura por la que se habían arrastrado. Sus dos compañeros trabajaban denodadamente. Veía las manos menudas de Scrubb y las manos grandes y palmeadas del meneo de la Marisma recortadas contra la luz, trabajando con desesperación para amontonar piedras. Entonces comprendió lo importante que era aquello y empezó a buscar a tientas piedras de gran tamaño, y a entregárselas a los otros. Antes de que los perros empezaran a ladrar y aullar en la entrada de la cueva, consiguieron tenerla bien tapada; y entonces, claro está, todo quedó totalmente a oscuras.

—Más adentro, rápido —instó la voz de Charcosombrío.

—Démonos las manos —dijo Jill.

—Buena idea —repuso Scrubb.

Pero necesitaron un buen rato para encontrarse las manos los unos a los otros en la oscuridad. Los perros olisqueaban ya al otro lado de la barrera.

—Probemos a ver si podemos ponernos en pie —sugirió Scrubb.

Lo hicieron y comprobaron que podían. Luego, con Charcosombrío alargando una mano a su espalda a Scrubb, y Scrubb extendiendo la suya hacia atrás para Jill —que deseaba con todas sus fuerzas hallarse en el centro del grupo y no en el último puesto—, empezaron a tantear con los pies y a avanzar trastabillando en las tinieblas. Todo eran piedras sueltas bajo sus pies. Entonces Charcosombrío llegó a una pared de roca, de modo que giraron un poco a la derecha y siguieron adelante. Tuvieron que realizar muchas más vueltas y giros, y Jill se encontró con que había perdido todo sentido de la orientación, y ya no tenía ni idea de dónde estaba la entrada de la cueva.

—La cuestión es —oyeron decir a la voz de Charcosombrío desde la oscuridad situada ante ellos— si, bien mirado, no sería mejor retroceder (si podemos) y dejar que los gigantes nos devoren en ese banquete suyo, en lugar de perdernos en las entrañas de una colina donde apuesto diez a uno a que hay dragones, simas profundas, gases, agua y... ¡Uy! ¡Soltaos! Salvaos. Estoy...

Después de eso todo sucedió con gran rapidez. Se oyó un alarido, un silbido, un sonido vago y guijarroso, un repiqueteo de piedras, y Jill se encontró resbalando, resbalando irremediablemente y resbalando cada vez a mayor velocidad por una pendiente que se volvía más pronunciada por momentos. No se trataba de una ladera lisa y firme, sino de una formada por piedrecitas y cascotes, e incluso aunque hubiera podido incorporarse, no habría servido de nada; cualquier parte de aquella ladera sobre la que hubiera puesto el pie se habría deslizado bajo su cuerpo y la habría arrastrado con ella. Pero Jill estaba más tumbada que de pie; y cuanto más resbalaban más se desprendían las piedras y la tierra, de modo que el torrente que descendía con todos los materiales —incluidos ellos— era cada vez más veloz, ruidoso, polvoriento y sucio. Por los agudos chillidos y maldiciones que le llegaban de sus dos compañeros, Jill se dijo que muchas de las piedras que desalojaba golpeaban con bastante fuerza a Scrubb y a Charcosombrío. Descendía ya a una velocidad rabiosa y tuvo la seguridad de que acabaría hecha pedazos en el fondo.

Sin embargo, inesperadamente, no fue así. Toda ella era una masa de moretones, y la sustancia pegajosa y húmeda de su rostro parecía sangre. Y había tal cantidad de tierra suelta, guijarros y piedras grandes apilados a su alrededor (y en parte sobre ella) que no conseguía levantarse. La oscuridad era tal que poco importaba si tenía los ojos abiertos o cerrados. No se oía ningún ruido. Y aquél fue el peor momento que Jill había pasado en toda su vida. Y si estaba sola, y si sus compañeros... Entonces oyó movimientos a su alrededor. Al poco, los tres, todos con voces temblorosas, se tranquilizaron mutuamente diciendo que no parecían tener ningún hueso roto.

—Jamás conseguiremos volver a subir eso —dijo la voz de Scrubb.

—Y ¿habéis observado qué caliente se está? —indicó la voz de Charcosombrío—. Eso significa que estamos muy abajo. Podría ser casi un kilómetro.

Nadie dijo nada. Al cabo de un buen rato Charcosombrío añadió:

—He perdido el yesquero.

Tras otra larga pausa Jill manifestó:

—Tengo una sed terrible.

Nadie sugirió hacer nada. Era evidente que no se podía hacer nada. Por un momento, no lo percibieron con tanta intensidad como habría sido de esperar, pero eso fue debido a que estaban agotados.

Muchísimo más tarde, sin ninguna advertencia previa, una voz totalmente desconocida habló. Supieron de inmediato que no era la voz que, secretamente, todos habían deseado oír: la voz de Aslan. Era una voz tenebrosa, monótona, una voz negra como el carbón, que dijo:

—¿Qué hacéis aquí, criaturas del Mundo Superior?

CAPÍTULO 10

Viaje sin sol

—¿Quién anda ahí? —gritaron los tres viajeros.

—Soy el Guardián de los Lindes de la Tierra Inferior, y me acompañan un centenar de terranos armados —fue la respuesta que recibieron—. Decidme al momento quiénes sois y qué os trae al Reino de las Profundidades?

—Caímos aquí por accidente —dijo Charco-sombrío, sin faltar a la verdad.

—Muchos caen aquí abajo, y pocos regresan a las tierras iluminadas por la luz del sol —indicó la voz—. Preparaos para venir conmigo a ver a la soberana del Reino de las Profundidades.

—¿Qué quiere de nosotros? —inquirió Scrubb con cautela.

—No lo sé —respondió la voz—. No se puede cuestionar su voluntad sino sólo acatarla.

Mientras decía aquello se oyó un ruido como

una explosión sorda y al instante una luz fría, gris
con un toque de azul en ella, inundó la caverna.
Toda esperanza de que el orador hubiera fanfa-
rroneado cuando hablaba de sus cien seguidores
armados se desvaneció al instante. Jill se encontró
parpadeando y contemplando con asombro una
multitud compacta. Eran de todos los tamaños,
desde gnomos diminutos de apenas treinta centímetros de altura hasta figuras majestuosas más
altas que los hombres. Todos sostenían tridentes,
todos estaban terriblemente pálidos y todos permanecían tan quietos como estatuas. Aparte de
aquello, eran muy diferentes entre sí; unos tenían
colas y otros no, algunos lucían largas barbas y
otros mostraban rostros muy redondos y lampi-
ños, grandes como calabazas. Había narices largas y puntiagudas, narices largas y blandas como

pequeñas trompas y narices enormes y cubiertas de grumos. Varios tenían un único cuerno en el centro de la frente. Pero en un aspecto eran todos iguales: todos los rostros del centenar de seres parecían tan tristes como pueda estarlo un rostro. Eran unas expresiones tan lúgubres que, tras una primera ojeada, Jill casi olvidó tenerles miedo y sintió ganas de hacer que se mostraran más alegres.

—¡Bien! —exclamó Charcosombrío, frotándose las manos—. Es justo lo que necesitaba. Si estos tipos no me enseñan a tomarme más en serio la vida, no sé qué lo hará. Fijaos en ese con el bigote de morsa... o aquel con el...

—Levantaos —dijo el jefe de los terranos.

No podían hacer otra cosa. Los tres viajeros se incorporaron y se tomaron de las manos. Uno desea tocar la mano de un amigo en un momento como ése. Y los terranos los rodearon, avanzando silenciosos sobre pies enormes y blandos, en los que unos tenían diez dedos, algunos doce, otros ninguno.

—En marcha —ordenó el jefe; y se pusieron a andar.

La fría luz procedía de una esfera enorme situada en lo alto de un palo largo que el gnomo más alto sostenía en la cabeza de la procesión. A la luz de sus rayos sombríos observaron que se encontraban en una caverna natural; las paredes y el techo estaban deformados, retorcidos y acuchillados en miles de formas fantásticas, y el suelo de piedra descendía a medida que avanzaban. Para Jill era peor que para los demás, porque la niña odiaba los lugares oscuros y subterráneos. Y cuando, mientras seguían adelante, la cueva se tornó más baja y estrecha y, por fin, el portador de la luz se hizo a un lado, y los gnomos, uno a uno, se inclinaron —todos excepto los más pequeños— y penetraron en una hendidura pequeña y oscura y desaparecieron, le pareció que ya no podía soportarlo más.

—¡No puedo entrar ahí dentro, no puedo! ¡No puedo! ¡No lo haré! —jadeó.

Los terranos no dijeron nada pero todos bajaron las lanzas y la apuntaron con ellas.

—Tranquila, Pole —dijo Charcosombrío—. Esos tipos grandotes no se arrastrarían ahí dentro si no fuera a ensancharse más adelante. Y existe una ventaja en esta marcha subterránea, no nos lloverá encima.

—No lo comprendes. No puedo —gimió Jill.

—Piensa en cómo me sentí en aquel precipicio, Pole —indicó Scrubb—. Pasa tú primero, Charcosombrío, y yo iré tras ella.

—Eso es —repuso el meneo de la Marisma, po-
niéndose a cuatro patas—. Sujétate a mis tobillos,
Pole, y Scrubb se asirá a los tuyos. Así todos esta-
remos cómodos.

—¡Cómodos! —exclamó ella.

Pero se agachó y reptaron al interior sobre los
codos. Era un lugar desagradable. Uno tenía que
arrastrarse con la cara contra el suelo durante lo
que parecía una media hora, aunque en realidad
tal vez no fueran más de cinco minutos. No obstante, finalmente apareció una luz tenue al frente,
el túnel se ensanchó y aumentó en altura, y salieron, acalorados, sucios y temblorosos, a una cueva tan enorme que apenas parecía una cueva.

Estaba inundada por un resplandor apagado y
somnoliento, de modo que ya no necesitaron el
extraño farol de los terranos. El suelo estaba cubierto con una blanda capa de alguna especie de
musgo y de éste crecían muchas formas estrafalarias, ramificadas y altas como árboles, pero blandas como hongos, que estaban demasiado separadas para formar un bosque y recordaban más
bien un parque. La luz, de un gris verdoso, parecía proceder tanto de ellas como del musgo, y no
era lo bastante potente como para alcanzar el techo de la cueva, que sin duda se encontraba muy
por encima de sus cabezas. Los obligaron a atra-

vesar entonces aquel lugar templado, blando y adormilado. Reinaba en él una gran tristeza, pero una clase de tristeza tranquila, igual que una música suave.

Pasaron junto a docenas de animales curiosos tumbados en la hierba, muertos o tal vez dormidos, Jill no estaba segura. La mayor parte recordaba a dragones o murciélagos; Charcosombrío no sabía lo que era ninguno de ellos.

—¿Se crían aquí? —preguntó Scrubb al Guardián. Éste pareció muy sorprendido de que le dirigieran la palabra, pero respondió:

—No; todas son bestias que han venido a parar aquí cayendo por simas y cuevas, abandonando el Mundo Superior para llegar al Reino de las Profundidades. Muchos bajan aquí, y pocos regresan a las tierras iluminadas por el sol. Se dice que todos despertarán cuando llegue el fin del mundo.

Cerró la boca con fuerza tras decir aquello, y en el gran silencio de la cueva los niños sintieron que ya no volverían a atreverse a hablar. Los pies desnudos de los gnomos, sobre el blando musgo, no producían el menor sonido. No soplaba viento, no había pájaros y no se escuchaba el murmullo del agua. Tampoco se oía respirar a las extrañas bestias.

Después de andar varios kilómetros, llegaron a una pared de roca; en ella se abría un arco bajo que conducía a otra caverna. Sin embargo, no era tan terrible como la última entrada y Jill pudo atravesarlo sin inclinar la cabeza; los condujo a una cueva más pequeña, larga y estrecha, aproximadamente de la forma y tamaño de una catedral. Allí, ocupando casi toda su longitud, yacía un hombre inmenso que dormía profundamente. Era mucho más grande que cualquiera de los gigantes, y su rostro no se parecía al de un gigante, sino que era noble y hermoso. El pecho ascendía y descendía acompasadamente bajo una barba nívea que lo cubría hasta la cintura. Una luz plateada (nadie vio de dónde procedía) caía sobre él.

—¿Quién es ése? —inquirió Charcosombrío.

Y hacía tanto tiempo que nadie había hablado, que Jill se sorprendió de que se atreviera a hacerlo.

—Es el viejo Padre Tiempo, que en una ocasión fue rey en el Mundo Superior —respondió el Guardián—. Y ahora ha descendido al Reino de las Profundidades y yace soñando con todas las cosas que suceden en el mundo de la superficie. Muchos descienden aquí abajo, y pocos regresan a las tierras iluminadas por el sol. Dicen que despertará cuando llegue el fin del mundo.

Y de aquella cueva pasaron a otra, y luego a otra y otra más, y así hasta que Jill perdió la cuenta, pero siempre iban cuesta abajo y cada cueva estaba más baja que la anterior, hasta que sólo

pensar en el peso y la cantidad de tierra que tenían encima resultaba asfixiante. Finalmente llegaron a un lugar donde el Guardián ordenó que
volvieran a encender su deprimente farol. Luego
penetraron en una cueva tan enorme y oscura que
sólo consiguieron ver que ante ellos una faja de
arena blanquecina descendía hasta unas aguas
quietas. Y allí, junto a un pequeño espigón, había
un barco sin mástil ni vela pero con muchos remos; los hicieron subir a bordo y los condujeron
al frente hasta la proa, donde había un espacio

despejado frente a los bancos de los remeros y un
asiento que recorría la parte interior de la borda.

—Una cosa que quisiera saber —dijo Charcosombrío— es si alguien de nuestro mundo, de la
parte de arriba, me refiero, ha realizado este viaje
antes.

—Muchos han tomado el barco en las playas blanquecinas —respondió el Guardián—, y...

—Sí, ya lo sabemos —interrumpió Charcosombrío—. «Y pocos han regresado a las tierras iluminadas por el sol». No hace falta que vuelvas a decirlo. ¿Es que no se te ocurre otra frase?

Los niños se acurrucaron muy pegados a cada lado de Charcosombrío. Lo habían considerado un aguafiestas mientras estaban aún en la superficie, pero allí abajo parecía el único consuelo del que disponían. Entonces, tras colgar el mortecino farol en la parte central de la nave, los terranos se sentaron junto a los remos, y la embarcación empezó a moverse. El farol proyectaba su luz a muy poca distancia y si miraban al frente no podían ver otra cosa que aguas lisas y oscuras, que se desvanecían en una negrura total.

—¿Qué va a ser de nosotros? —dijo Jill, desesperada.

—Vamos, no te dejes desanimar, Pole —indicó el meneo de la Marisma—. Hay una cosa que debes recordar. Volvemos a estar en la ruta correcta. Teníamos que introducirnos debajo de la Ciudad en Ruinas, y estamos «debajo» de ella. Volvemos a seguir las instrucciones.

En seguida les dieron comida: una especie de pasteles planos y blandengues que apenas sabían a nada. Y después de eso, se fueron quedando dormidos poco a poco. Cuando despertaron, todo continuaba igual; los gnomos remaban aún, el barco seguía deslizándose y seguían teniendo ante ellos la misma negrura insondable. Cuántas veces despertaron, durmieron, comieron y volvieron a dormir, ninguno de ellos pudo recordarlo jamás. Y lo peor era que empezaban a sentir como si siempre hubieran vivido en aquel barco, en aquella oscuridad, y a preguntarse si el sol, el cielo azul, el viento y los pájaros no habían sido sólo un sueño.

Casi habían renunciado a esperar o temer a nada cuando por fin vieron luces más adelante: luces mortecinas, como la de su propio farol. Luego, de un modo bastante repentino, una de las luces se acercó y vieron que pasaban junto a otro barco. Después de eso encontraron varios barcos. Luego, fijando la mirada hasta que les dolieron los ojos, vieron que algunas de las luces situadas al frente brillaban sobre lo que parecían muelles, muros, torres y muchedumbres en movimiento; sin embargo, seguía sin oírse apenas un ruido.

—¡Diantre! ¡Una ciudad! —exclamó Scrubb, y no tardaron en comprobar que estaba en lo cierto.

Pero se trataba de una ciudad curiosa. Las luces eran tan escasas y estaban tan separadas que como mucho recordaban casitas de campo en nuestro mundo. No obstante, los pequeños retazos del lugar que se podían ver mediante las luces eran como atisbos de un gran puerto marítimo. En un lugar se podía distinguir toda una multitud de barcos que cargaban o descargaban; en otro, fardos de material y almacenes; en un tercero, paredes y columnas que sugerían grandes palacios y templos; y siempre, allí donde caía la luz, multitudes interminables: cientos de terranos abriéndose paso a empujones mientras iban a sus cosas con pasos silenciosos por calles estrechas, plazas amplias o enormes escalinatas. Su continuo movimiento producía una especie de sordo murmullo a medida que la nave se acercaba; pero no se oía ni una canción ni un grito ni el tañido de una campana, ni siquiera el traqueteo de una rueda por ninguna parte. La ciudad estaba tan silenciosa, y casi tan oscura, como el interior de un hormiguero.

Por fin atracaron la nave en un muelle y la amarraron. Los tres viajeros fueron bajados a tierra y conducidos al interior de la ciudad. Multitudes de terranos, todos diferentes, se entremezclaron con ellos en las calles atestadas, y la luz mortecina cayó sobre innumerables rostros tristes y grotescos. Nadie mostraba interés por los forasteros, y los gnomos parecían tan atareados como tristes, aunque Jill jamás descubrió qué era lo que los mantenía tan ocupados. El interminable movimiento, los empujones, las prisas y el sordo repiqueteo de las pisadas siguieron sin pausa.

Por fin llegaron a lo que parecía ser un castillo enorme, si bien pocas de las ventanas que poseía estaban iluminadas. Los hicieron pasar al interior, cruzar un patio y luego subir muchas escaleras. El paseo los llevó finalmente a una habitación muy grande pobremente iluminada. Pero en uno de sus rincones —¡qué alegría!— había una arcada inundada por una clase distinta de luz; la genuina luz amarilla y cálida de una lámpara como las que usan los humanos. Lo que mostraba aquella luz dentro de la arcada era el pie de una escalera de caracol que ascendía entre paredes de piedra. La luz parecía provenir de lo alto. Dos terranos estaban de pie a cada lado del arco como si fueran centinelas o lacayos.

El Guardián fue hacia ellos, y dijo, como si se tratara de un santo y seña:

—Muchos descienden al Mundo Subterráneo.

—Y pocos regresan a las tierras iluminadas por el sol —respondieron ellos como si eso fuera la contraseña.

A continuación los tres juntaron las cabezas

y conversaron. Por fin uno de los dos gnomos dijo:

—Te digo que su excelencia la reina ha partido de aquí con motivo de su importante asunto. Será mejor que mantengamos a estos habitantes de la superficie bien encerrados hasta su vuelta. Pocos regresan a las tierras iluminadas por el sol.

En aquel momento la conversación fue interrumpida por lo que a Jill le pareció el sonido más delicioso del mundo. Vino de arriba, de lo alto de la escalera; y era una voz clara, resonante y totalmente humana, la voz de un joven.

—¿Qué tumulto estáis organizando ahí abajo, Mullugutherum? —gritó—. Habitantes de la Superficie, ¡ja! Traedlos ante mí, y al instante.

—Agradecería a su alteza que recordara... —empezó Mullugutherum, pero la voz lo atajó en seco.

—Lo que agradecería su alteza principalmente es que lo obedecieran, viejo cascarrabias. Subidlos —ordenó.

Mullugutherum meneó la cabeza, hizo una seña a los viajeros para que lo siguieran e inició el ascenso por la escalera. A cada peldaño la luz aumentaba. De las paredes colgaban tapices suntuosos, y la luz de la lámpara brillaba dorada a través de delgadas cortinas colgadas en lo alto de la escalera.

El terrano separó las cortinas y se hizo a un lado. Los tres pasaron al interior. Estaban en una habitación muy hermosa, con tapices magníficos, un buen fuego en una chimenea impoluta y vino tinto y cristal tallado centelleando sobre la mesa. Un hombre joven de cabellos rubios se alzó para darles la bienvenida. Era apuesto y parecía a la vez intrépido y amable, aunque había algo en su rostro que no parecía normal; iba vestido de negro y en conjunto recordaba un poco a Hamlet.

—Bienvenidos, habitantes de la superficie —exclamó—. Pero ¡esperad un instante! ¡Os ruego me perdonéis! Hermosas criaturas, yo os he visto a vosotros y a éste, vuestro extraño tutor, con anterioridad. ¿No erais vosotros las tres personas con las que me crucé en el puente de los límites del Páramo de Ettin cuando pasé por allí junto a mi señora?

—Vaya... ¿erais el Caballero Negro que no dijo ni una palabra? —preguntó Jill.

—Y ¿era esa dama la reina de la Tierra Inferior? —preguntó Charcosombrío, en un tono de voz nada amistoso.

Y Scrubb, que pensaba lo mismo, espetó:

—Porque si lo era, se comportó de un modo muy mezquino al enviarnos al castillo de unos gigantes que tenían la intención de devorarnos.

¿Qué daño le habíamos hecho a ella, me gustaría saber?

—¿Cómo? —respondió el Caballero Negro, frunciendo el entrecejo—. Si no fueras un guerrero tan joven, muchacho, tú y yo habríamos peleado a muerte por este motivo. No permito que nadie hable en contra del honor de mi dama. Pero puedes estar seguro de que, fuera lo que fuera lo que os dijese, lo dijo con buena intención. No la conoces. Es un conjunto de todas las virtudes, como la verdad, la misericordia, la fidelidad, la bondad, el valor y todas las demás. Digo lo que sé. Su bondad para conmigo en particular, que no puedo recompensar de ningún modo, compondría un relato admirable. Pero la conoceréis y amaréis de ahora en adelante. Entretanto, ¿qué os trae al Reino de las Profundidades?

Y antes de que Charcosombrío pudiera detenerla, Jill contó de buenas a primeras:

—Por favor, intentamos encontrar al príncipe Rilian de Narnia.

Y entonces comprendió lo arriesgado que era aquello que acababa de hacer: aquellas gentes podían ser enemigos. Pero el caballero no mostró el menor interés.

—¿Rilian? ¿Narnia? —dijo con despreocupación—. ¿Narnia? ¿Qué tierra es ésa? Jamás he oído el nombre. Debe encontrarse a miles de leguas de las partes del Mundo Superior que conozco. Pero ha sido una fantasía extraña la que os ha conducido a buscar a éste... ¿cómo lo llamasteis? ¿Billian? ¿Trillian? en el reino de mi dama. A decir verdad, por lo que sé, tal hombre no está aquí.

Lanzó una sonora carcajada en aquel punto, y Jill se dijo para sí: «Me pregunto si será eso lo que no encuentro normal en su rostro. ¿Es acaso un poco bobo?».

—Se nos dijo que buscáramos un mensaje en las piedras de la Ciudad Ruinosa —dijo Scrubb—. Y vimos las palabras DEBAJO DE MÍ.

El caballero rió aún con más ganas que antes.

—Os habéis llamado a engaño —dijo—. Esas palabras no tienen nada que ver con vuestro empeño. De haber preguntado a mi señora, ella os habría dado mejor consejo, pues esas palabras son todo lo que queda de un texto más largo, que en tiempos remotos, como ella bien recuerda, mostraba esta estrofa:

Aunque bajo tierra y sin trono ahora esté aquí
la Tierra dominé por encima y por debajo de mí.

De la que se deduce que algún rey poderoso de los antiguos gigantes, que yace enterrado allí, hizo que tallaran tal vanagloria en la piedra sobre su sepulcro; aunque la rotura de algunas piedras, el que se hayan llevado otras para nuevas edificaciones y también que las hendiduras se hayan llenado de cascotes, ha provocado que sólo tres palabras resulten legibles todavía. ¿No os parece lo más divertido del mundo que pensarais que estaban escritas para vosotros?

Fue como un chorro de agua fría en la espalda para Scrubb y Jill; pues parecía muy probable que las palabras no tuvieran nada que ver con su misión, y que ellos hubieran ido a parar allí por casualidad.

—No le hagáis caso —dijo Charcosombrío—. La casualidad no existe. Nuestro guía es Aslan; y él estaba allí cuando el rey gigante hizo tallar las palabras, y sabía ya todo lo que saldría de ellas; incluido «esto».

—Ese guía vuestro debe de ser un gran juerguista, amigo —replicó el caballero con otra de sus carcajadas.

Jill empezó a encontrarlas un tanto irritantes.

—Y a mí me parece, señor —respondió Charcosombrío—, que esta dama vuestra también debe de ser una juerguista, si recuerda la estrofa tal como estaba cuando la escribieron.

—Muy agudo, Cara de Rana —dijo el otro, dando una palmada a Charcosombrío en el hombro y volviendo a reír—. Habéis dado en el clavo. Es de raza divina, y no conoce ni la vejez ni la muerte. Por eso le estoy aún más agradecido por su infinita generosidad para con un desdichado mortal como yo. Pues debéis saber, señores, que soy un hombre aquejado de las más extrañas dolencias, y nadie excepto su excelencia la reina habría tenido paciencia conmigo. ¿Paciencia, he dicho? Pero si es mucho más que eso. Me ha prometido un gran reino en la Tierra Superior y, cuando sea rey, su propia mano en matrimonio. Pero el relato es demasiado largo para que lo escuchéis de pie y en ayunas. ¡Que venga alguno de vosotros! Traed vino y comida de los habitantes de la superficie, para mis invitados. Por favor, sentaos, caballeros. Mi pequeña dama, sentaos en esta silla. Os lo contaré todo.

CAPÍTULO 11

En el Castillo Sombrío

Después de que les trajeran la comida —compuesta por empanada de pichón, jamón frío, ensalada y pasteles—, y que todos acercaran las sillas a la mesa y empezaran a comer, el caballero continuó:

—Debéis comprender, amigos, que no sé nada sobre quién era y de dónde llegué a este Mundo Oscuro. No recuerdo ningún momento en el que no residiera, como ahora, en la corte de esta casi celestial reina; pero lo que pienso es que me salvó de algún hechizo maligno y me trajo aquí debido a su extraordinaria generosidad. (Honorable Patas de Rana, vuestra copa está vacía. Permitid que vuelva a llenarla.) Y me parece lo más probable porque incluso en estos momentos estoy bajo el poder de un hechizo, del que únicamente mi dama me puede liberar.

»Cada noche llega una hora en que mi mente se ve terriblemente perturbada y, tras mi mente, mi cuerpo. Pues primero me muestro furioso y salvaje y me abalanzaría sobre mis amigos más queridos para matarlos, si no estuviera atado. Y poco después de eso, adopto la apariencia de una serpiente enorme, hambrienta, feroz y mortífera. (Señor, tomad por favor otra pechuga de pichón, os lo suplico.) Eso es lo que me cuentan, y desde luego cuentan la verdad, pues mi dama dice lo mismo. Yo, por mi parte, no sé nada de lo que sucede, pues cuando ha transcurrido esa hora despierto sin recordar nada del odioso ataque, con mi aspecto normal, y recuperada la cordura. (Mi pequeña dama, comed uno de estos pasteles de miel, que traen para mí de alguna tierra bárbara en el lejano sur del mundo.)

»Ahora bien, su majestad la reina sabe por su arte que seré liberado de este hechizo en el momento en que ella me convierta en rey de un país del Mundo Superior y coloque una corona en mi cabeza. El país ya ha sido elegido y también el lugar exacto de nuestra salida al exterior. Sus terranos han trabajado día y noche cavando un paso por debajo de ella, y han llegado ya tan lejos y tan arriba que el túnel se encuentra a menos de un puñado de metros de la misma hierba que pisan los habitantes de la superficie de ese país. Dentro de muy poco tiempo esos moradores de la superficie se encontrarán con su destino. Ella misma se halla en la excavación en estos momentos, y espero un mensaje para reunirme con ella. Entonces se perforará el fino techo de tierra que todavía me mantiene alejado de mi reino, y con ella para guiarme y un millar de terranos detrás de mí, cabalgaré en armas, caeré repentinamente sobre nuestros enemigos, mataré a su caudillo, derribaré sus fortalezas y, sin duda, seré coronado su rey en menos de veinticuatro horas.

—Pues vaya mala suerte para «ellos», ¿no os parece? —dijo Scrubb.

—¡Sois un muchacho dotado de un intelecto maravilloso y muy ágil! —exclamó el caballero—. Pues, por mi honor, que no había pensado en ello. Comprendo lo que queréis decir.

Pareció ligeramente, muy ligeramente preocupado por un segundo o dos; pero su rostro no tardó en animarse y estalló en otra de sus sonoras carcajadas.

—Pero ¡avergoncémonos de tanta seriedad! ¿No es la cosa más cómica del mundo pensar en ellos, atareados en sus cosas y sin soñar siquiera con que, bajo sus tranquilos campos y suelos, sólo a una braza por debajo, hay un gran ejército listo para aparecer entre ellos como un surtidor? ¡Y sin que lo sospechen! ¡Vaya, pero si es que ellos mismos, una vez que desaparezca el primer resquemor de la derrota, difícilmente podrán hacer otra cosa que no sea reír al pensarlo!

—Yo no creo que sea divertido —indicó Jill—. Creo que seréis un tirano perverso.

—¿Qué? —repuso el caballero, riendo todavía a la vez que le palmeaba la cabeza de un modo más bien exasperante—. ¿Acaso es nuestra joven dama un sesudo político? Pero no temáis, querida mía. Al gobernar ese país, lo haré siguiendo en todo el consejo de mi dama, que entonces será mi reina también. Su palabra será mi ley, del mismo modo que mi palabra será la ley para el pueblo que hayamos conquistado.

—De donde yo vengo —manifestó Jill, que cada vez sentía más aversión por él—, no tienen en demasiado buen concepto a los hombres que dejan que los gobiernen sus esposas.

—Pensaréis muy distinto cuanto tengáis esposo, os lo aseguro —respondió el caballero, que al parecer consideraba aquello muy divertido—. Pero con mi dama es algo totalmente distinto. Me siento más que satisfecho de vivir según su parecer, pues ya me ha salvado de miles de peligros. Ninguna madre se ha mostrado tan tierna y dedicada con su hijo como lo ha hecho la reina conmigo. Además, fijaos, en medio de todas sus preocupaciones y tareas, sale a cabalgar conmigo al Mundo Superior en más de una ocasión para que mis ojos se acostumbren a la luz del sol. Y en esas salidas debo ir totalmente armado y con la visera baja, de modo que nadie pueda ver mi rostro, y no debo

hablar con nadie. Pues ha descubierto mediante artes mágicas que esto retrasaría mi liberación del penoso hechizo bajo el que estoy. ¿No es una dama así digna de la veneración de un hombre?

—Suena como si fuera una dama muy amable —dijo Charcosombrío en un tono de voz que indicaba justo lo contrario.

Todos estaban más que hartos de la conversación del caballero antes de haber finalizado la cena. Charcosombrío pensaba: «Me gustaría saber a qué juega esa bruja con este estúpido joven». Scrubb, por su parte, se decía: «En realidad es como un niño grande: agarrado a las faldas de esa mujer; es un pobre diablo». Y Jill pensaba: «Es el tipo más engreído y ridículo que he conocido en mucho tiempo». Pero cuando finalizó la comida, el humor del caballero había cambiado. Ya no se reía.

—Amigos —anunció—, se acerca mi hora ya. Me avergüenza que podáis verme pero sin embargo temo quedarme solo. No tardarán en aparecer para atarme de pies y manos a aquella silla. Por desgracia, así debe ser: pues en mi furia, me dicen, destruiría todo lo que estuviera a mi alcance.

—Oíd —dijo Scrubb—, siento muchísimo eso de vuestro encantamiento, desde luego, pero ¿qué nos harán esos tipos cuando vengan a ataros? Hablaron de meternos en prisión. Y no nos gustan demasiado todos esos lugares oscuros. Preferiríamos permanecer aquí hasta que estéis... mejor... si es posible.

—Está bien pensado —dijo el caballero—. Aunque, según la costumbre nadie excepto la reina en persona permanece conmigo durante mi hora maléfica. Es tal su tierna solicitud por mi honor que no permite de buen grado que otros oídos que no sean los suyos escuchen lo que brota de mi boca durante ese frenesí. Y no me resultaría fácil persuadir a mis sirvientes gnomos para que os dejaran conmigo. Además, creo que oigo sus suaves pisadas ya en la escalera. Atravesad aquella puerta de allí: conduce a mis otros aposentos. Y allí, aguardad hasta que vaya a veros cuando me hayan soltado; o, si lo deseáis, regresad y acompañadme en mis desvaríos.

Siguieron sus instrucciones y abandonaron la estancia por una puerta que no habían visto abrir todavía. Los condujo, les satisfizo comprobar, no a la oscuridad sino a un pasillo iluminado. Probaron varias puertas y encontraron algo que necesitaban desesperadamente: agua para lavarse e incluso un espejo.

—Ni siquiera nos ofreció la posibilidad de lavarnos antes de cenar —dijo Jill, secándose el rostro—. Es un cerdo egoísta.

—¿Vamos a regresar a observar el hechizo o nos quedaremos aquí? —preguntó Scrubb.

—Yo voto por quedarnos aquí —dijo Jill—. Preferiría no verlo —añadió, aunque sentía algo de curiosidad de todos modos.

—No, regresemos —indicó Charcosombrío—. Podríamos obtener algo de información, y necesitamos toda la que podamos conseguir. Estoy seguro de que la reina es una bruja y una enemiga. Y esos terranos nos arrearían un golpe en la cabeza en cuanto nos echaran la vista encima. Existe un olor más fuerte a peligro, mentiras, magia y traición en este lugar del que he olido nunca. Debemos mantener los ojos y los oídos bien abiertos.

Regresaron por el pasillo y empujaron la puerta con suavidad.

—Todo en orden —anunció Scrubb, indicando que no había terranos por allí.

Entonces volvieron a entrar en la habitación en la que habían cenado.

La puerta principal estaba cerrada, y ocultaba la cortina por la que habían pasado al entrar. El caballero estaba sentado en un curioso trono de plata, al que estaba atado por los tobillos, las rodillas, los codos, las muñecas y la cintura. Tenía la frente cubierta de sudor y el rostro angustiado.

—Entrad, amigos —dijo, alzando rápidamente la vista—. El ataque todavía no ha llegado. No hagáis ruido, pues dije al entrometido chambelán que os habíais ido a acostar. Ya... siento que se acerca. ¡Rápido! Escuchad mientras soy dueño de mí. Cuando el ataque se apodere de mí, podría muy bien ser que os rogara e implorara, con súplicas y amenazas, que soltarais mis ataduras. Dicen que lo hago. Os lo pediré por todo lo que es más querido y más aterrador. Pero no me hagáis caso. Endureced vuestros corazones y tapaos los oídos. Pues mientras esté atado estáis a salvo. Pero en cuanto estuviera en pie y fuera de este trono, primero me sobrevendría la furia, y tras eso... —se estremeció—... el cambio en serpiente repugnante.

—No hay miedo de que os soltemos —declaró Charcosombrío—. No tenemos ningún deseo de enfrentarnos a salvajes; ni a serpientes.

—Ya lo creo que no —dijeron Scrubb y Jill a la vez.

—De todos modos —añadió Charcosombrío en un susurro—. No estemos tan seguros. Será mejor que nos mantengamos alerta. Ya hemos estropeado todo lo demás, como sabéis. Será astuto, estoy casi seguro, una vez que empiece. ¿Podemos confiar los unos en los otros? ¿Prometemos todos que diga lo que diga no tocaremos esas cuerdas? ¡Diga lo que diga, tenedlo bien en cuenta!

—¡Ya lo creo! —exclamó Scrubb.

—No hay nada en el mundo que pueda decir o hacer que me haga cambiar de idea —declaró Jill.

—¡Chist! Algo sucede —indicó Charcosombrío.

El caballero gemía. Su rostro estaba pálido como la masilla, y se retorcía en sus ataduras. Y tal vez porque sentía lástima por él o por alguna otra razón, Jill se dijo que parecía una persona mucho más agradable que antes.

—¡Ah! —dijo él con voz quejumbrosa—. Encantamientos, encantamientos... la pesada, enmarañada, fría y pegajosa telaraña de la magia maligna. Enterrado en vida. Arrastrado bajo tierra, al interior de la ennegrecida oscuridad... ¿Cuántos años hace?... ¿He vivido diez años o mil años en este pozo? Hombres gusano me rodean. Tened piedad. Dejadme marchar, dejadme regresar. Dejadme sentir el viento y ver el cielo... Había un pequeño estanque. Cuando te mirabas en él veías los árboles creciendo bocabajo en el agua, verdes, y debajo de ellos, en el fondo, muy al fondo, el cielo azul.

Había estado hablando en voz baja, pero a continuación alzó los ojos, los clavó en ellos y dijo en voz alta y clara:

—¡Rápido! Estoy cuerdo ahora. Todas las noches estoy cuerdo. Si pudiera abandonar este sillón encantado, seguiría estándolo para siempre. Volvería a ser un hombre. Pero todas las noches me atan, de modo que noche tras noche mi oportunidad desaparece. Sin embargo vosotros no sois enemigos. No soy «vuestro» prisionero. ¡Aprisa! Cortad estas cuerdas.

—¡Manteneos firmes! —dijo Charcosombrío a los dos niños.

—Os imploro que me escuchéis —instó el caballero, obligándose a hablar con calma—. ¿Os han dicho que si me soltáis de este sillón os mataré y me convertiré en una serpiente? Veo por vuestros rostros que lo han hecho. Es una mentira. Ahora es cuando estoy en mi sano juicio: durante el resto del día es cuando estoy hechizado. Vosotros no sois terranos ni brujas. ¿Por qué tendríais que estar de su parte? Os lo ruego, cortad mis ataduras.

—¡Calma! ¡Calma! ¡Calma! —se dijeron los tres viajeros unos a otros.

—Tenéis el corazón de piedra —manifestó el caballero—. Creedme, contempláis a un desdichado que ha padecido más de lo que cualquier corazón mortal puede soportar. ¿Qué mal os he hecho jamás, para que os pongáis del lado de mis enemigos para mantenerme en tal suplicio? Y los minutos vuelan. Ahora me podéis salvar; cuando esta hora haya transcurrido, volveré a ser un idiota: el juguete y perro faldero, no, más probablemente el peón e instrumento, de la hechicera más diabólica que jamás planeara la desgracia de los hombres.

¡Y precisamente esta noche, en que ella no está! Me arrebatáis una oportunidad que puede no repetirse jamás.

—Esto es espantoso. Ojala nos hubiéramos mantenido alejados hasta que hubiera terminado —dijo Jill.

—¡Calma! —exclamó Charcosombrío.

La voz del prisionero se elevó entonces en un alarido.

—Soltadme, os digo. Dadme mi espada. ¡Mi espada! ¡En cuanto esté libre me vengaré de tal modo de los terranos que en la Tierra Inferior se hablará de ello durante miles de años!

—Ahora empieza a retorcerse —dijo Scrubb—. Espero que esos nudos resistan.

—Sí —asintió Charcosombrío—. Tendría el doble de su fuerza normal si se liberara ahora. Y yo no soy muy bueno con la espada. Acabaría con los dos, sin duda; y entonces Pole se quedaría sola para enfrentarse a la serpiente.

El prisionero forcejeaba entonces con las ligaduras de tal modo que éstas se clavaban en sus muñecas y tobillos.

—Tened cuidado —advirtió—. Tened cuidado. Una noche conseguí romperlas. Pero la bruja estaba aquí entonces. No la tendréis aquí para que os ayude esta noche. Liberadme ahora, y seré vuestro amigo. De lo contrario seré vuestro mortal enemigo.

—Astuto, ¿no es cierto? —indicó Charcosombrío.

—De una vez por todas —siguió el prisionero—. Os imploro que me soltéis. Por todos los temores y amores, por los cielos brillantes de la Tierra Superior, por el gran león, por el mismo Aslan, os exhorto...

—¡Oh! —gritaron los tres viajeros como si les hubieran herido.

—Es la señal —dijo Charcosombrío.

—Son las «palabras» de la señal —indicó Scrubb con más cautela.

—¿Qué debemos hacer? —inquirió Jill.

Era una pregunta espantosa. ¿De qué había servido prometerse mutuamente que bajo ningún concepto liberarían al caballero, si iban a hacerlo en cuanto invocara por casualidad el nombre de alguien que realmente les importaba? Por otra parte, ¿de qué habría servido aprenderse las señales si no iban a obedecerlas? Sin embargo, ¿acaso la intención de Aslan era que desataran a cualquiera —incluso un lunático— que lo pidiera en su nombre? ¿Se trataba de un simple hecho fortuito? ¿Y si la reina del Mundo Subterráneo estuviera enterada de las señales y hubiera hecho que el caballero aprendiera aquel nombre para poder atraparlos? Pero al mismo tiempo, ¿y si aquélla era la auténtica señal? Ya habían echado tres por la borda; no se atrevían a pifiar la cuarta.

—¡Ojalá lo supiéramos! —dijo Jill.

—Creo que sí lo sabemos —declaró Charcosombrío.

—¿Quieres decir que crees que todo se arreglará si lo desatamos? —preguntó Scrubb.

—Eso no lo sé —respondió él—. Verás, Aslan no le dijo a Pole lo que sucedería. Únicamente le dijo lo que debía hacer. Ese tipo acabará con nosotros en cuanto se ponga en pie, no me cabe la menor duda. Pero eso no nos dispensa de seguir la señal.

Se quedaron quietos, mirándose unos a otros con ojos brillantes. Fue un instante horrible.

—¡De acuerdo! —exclamó Jill—. Acabemos con esto. ¡Adiós a todos!

Se estrecharon las manos. El caballero aullaba ya en aquellos momentos; tenía las mejillas llenas de espumarajos.

—Vamos, Scrubb —dijo Charcosombrío.

Tanto él como el niño desenvainaron las espadas y se acercaron al cautivo.

—En nombre de Aslan —declararon y empezaron a cortar metódicamente las ligaduras.

En cuanto quedó libre, el prisionero atravesó la habitación de un solo salto, agarró su espada, que le habían quitado y depositado sobre la mesa, y la desenvainó.

—¡Tú primero! —chilló y se abalanzó sobre el sillón de plata.

Sin duda era una espada muy buena, pues la plata cedió bajo su filo como una cuerda, y en un momento unos pocos fragmentos retorcidos, que brillaban en el suelo, eran todo lo que quedaba de ella. De todos modos, en el instante en que se rompía, de la silla surgió un potente fogonazo, como un trueno pequeño, y, por un momento, también un olor repugnante.

—Yace aquí, maldita máquina de hechicería —declaró—, no sea que tu señora pueda usarte con otra víctima.

Se volvió entonces y examinó a sus rescatadores; y aquello que no resultaba normal en él, fuera lo que fuese, había desaparecido de su rostro.

—¡Vaya! —exclamó, volviéndose hacia Charcosombrío—. ¿Veo realmente ante mí a un meneo de la Marisma... un auténtico, vivo y honrado meneo de la Marisma narniano?

—¿De modo que sí que habíais oído hablar de Narnia? —intervino Jill.

—¿La había olvidado cuando estaba bajo el hechizo? —preguntó el caballero—. Bueno, eso y todos los demás encantamientos han acabado. Ya podéis creer que conozco Narnia, pues soy Rilian, príncipe de Narnia, y Caspian el gran rey es mi padre.

—Alteza real —dijo Charcosombrío, doblando una rodilla en tierra (y los niños hicieron lo mismo)—, nuestro viaje aquí no tenía otro motivo que buscaros.

—Y ¿quiénes sois vosotros, mis otros libertadores? —preguntó el príncipe a Scrubb y Jill.

—Nos envió Aslan en persona desde más allá del Fin del Mundo a buscar a su alteza —explicó Scrubb—. Yo soy Eustace, el que navegó con vuestro padre hasta la isla de Ramandu.

—Tengo con vosotros tres una deuda mucho mayor de la que podré pagar jamás —declaró el príncipe Rilian—. Pero ¿y mi padre? ¿Vive aún?

—Zarpó de nuevo al este antes de que abandonáramos Narnia, milord —explicó Charcosombrío—. Pero su alteza debe tener en cuenta que el rey es muy anciano. Lo más probable es que su majestad fallezca durante el viaje.

—¿Es anciano, dices? ¿Cuánto tiempo he estado en poder de la bruja?

—Han transcurrido más de diez años desde que su alteza se perdió en los bosques situados en el lado norte de Narnia.

—¿Diez años? —exclamó él, pasándose la mano por el rostro como si quisiera borrar el pasado—. Sí, te creo. Pues ahora que soy yo mismo puedo recordar esa vida hechizada, a pesar de que cuando estaba hechizado no podía recordar mi auténtica personalidad. Y ahora, nobles amigos... Pero ¡aguardad! Oigo sus pisadas (¡cómo lo enferma a uno, ese andar sordo y blando! ¡Uf!) en la escalera. Cierra la puerta con llave, muchacho. O espera. Se me ocurre algo mejor que eso. Engañaré a esos terranos, si Aslan me concede el ingenio. Seguid mi ejemplo.

Se dirigió muy decidido a la puerta y la abrió de par en par.

CAPÍTULO 12

La reina de la Tierra Inferior

Entraron dos terranos, pero en lugar de avanzar hacia el interior de la habitación, se colocaron uno a cada lado de la puerta e hicieron una profunda reverencia. A éstos siguió inmediatamente la última persona que esperaban o deseaban ver: la Dama de la Saya Verde, la reina de la Tierra Inferior. Se quedó totalmente inmóvil en la entrada, y vieron que sus ojos se movían mientras asimilaba la situación; tres desconocidos, el sillón de plata destruido y el príncipe libre empuñando su espada.

Palideció terriblemente; pero Jill pensó que era la clase de lividez que aparece en los rostros de las personas no cuando están asustadas sino cuando están furiosas. La bruja clavó los ojos por un momento en el príncipe, y había una expresión asesina en ellos. Luego pareció cambiar de idea.

—Dejadnos —ordenó a los dos terranos—. Y que nadie nos moleste hasta que llame, bajo pena de muerte.

Los gnomos se alejaron obedientes, y la bruja cerró la puerta y giró la llave.

—¿Y bien, mi señor príncipe? —dijo—. ¿No habéis tenido aún vuestro ataque nocturno o es que ha pasado ya? ¿Por qué estáis aquí sin atar? ¿Quiénes son estos forasteros? ¿Son ellos los que han destruido el sillón que era vuestra única seguridad?

El príncipe Rilian se estremeció cuando ella le habló; lo que no era extraño, pues no es fácil desprenderse en media hora de un hechizo que te ha tenido esclavizado durante diez años. Luego, hablando con un gran esfuerzo, respondió:

—Señora, ya no habrá necesidad de ese sillón. Y vos, que me habéis dicho un centenar de veces lo profundamente que me compadecíais por las brujerías que me tenían prisionero, sin duda escucharéis con gran alegría que ahora han finalizado para siempre. Existía, al parecer, algún pequeño error en el modo en que su señoría las trataba. Éstos, mis auténticos amigos, me han liberado. Ahora estoy en mi sano juicio, y hay dos cosas que os diré. Primero, que en lo relativo a la intención de su señoría de colocarme a la cabeza de un ejército de terranos para que pudiera irrumpir en el Mundo Superior y allí, por la fuerza, convertirme en rey de algún estado que jamás me ha hecho ningún daño, asesinando a sus legítimos nobles y apoderándome del trono como un tirano extranjero y sanguinario, ahora que me conozco a mí mismo, abomino totalmente de ello y lo denuncio como una villanía total. Y segundo: soy el hijo del rey de Narnia, Rilian, el único hijo de Caspian, décimo de ese nombre, a quien algunos llaman Caspian el Navegante. Por lo tanto, señora, es mi propósito, como también es mi deber, abandonar en seguida la corte de su majestad para regresar a mi país. Os ruego que me concedáis a mí y a mis amigos salvoconducto y guía por vuestro oscuro reino.

La bruja no dijo nada, y se limitó a avanzar despacio por la habitación, manteniendo en todo momento el rostro y los ojos muy fijos en el príncipe. Cuando llegó junto a una arqueta encajada en la pared, no muy lejos de la chimenea, la abrió y sacó primero un puñado de polvo verde, que arrojó al fuego. Éste no llameó en exceso, pero un aroma dulce y soporífero brotó de él, y durante toda la conversación que siguió, aquel olor aumentó en intensidad, inundó la habitación y dificultó la capacidad de pensar. A continuación, ex-

trajo un instrumento musical bastante parecido a una mandolina, y empezó a tocarlo con los dedos; un rasgueo constante y monótono que dejaba de advertirse al cabo de unos pocos minutos. Pero cuanto menos consciente se era de él, más se introducía en el cerebro y la sangre. Aquello también dificultaba la capacidad de pensar. Después de haber rasgueado durante un rato (y cuando el aroma dulzón era ya muy fuerte) la dama empezó a hablar con su voz dulce y sosegada.

—¿Narnia? ¿Narnia? A menudo he oído a su señoría pronunciar ese nombre en sus delirios. Querido príncipe, estáis muy enfermo. No existe ningún lugar llamado Narnia.

—Sí existe, señora —intervino Charcosombrío—. ¿Sabéis?, se da la circunstancia de que he vivido allí toda mi vida.

—¿De verdad? —preguntó la bruja—. Decidme, os lo ruego, ¿dónde se halla ese país?

—Ahí arriba —respondió Charcosombrío, resueltamente, señalando a lo alto—. No... no sé exactamente dónde.

—¿Cómo es eso? —siguió ella, con una especie de risa suave y musical—. ¿Existe un país ahí arriba entre las piedras y la argamasa del techo?

—No —dijo Charcosombrío, esforzándose a la vez por respirar un poco—. Está en el Mundo Superior.

—Y ¿qué o dónde, por favor, está... cómo lo llamáis... ese Mundo Superior?

—Vamos, no seáis ridícula —dijo Scrubb, que peleaba con energía contra el hechizo del aroma dulzón y el rasgueo—. ¡Como si no lo supierais! Está ahí arriba, ahí donde pueden verse el cielo, el sol y las estrellas. Pero si vos misma habéis estado allí. Os conocimos allí.

—Os suplico clemencia, muchachito —rió la bruja (no se habría podido escuchar una risa más deliciosa)—. No tengo el menor recuerdo de ese encuentro. Pero a menudo encontramos a nuestros amigos en lugares extraños cuando soñamos. Y a menos que todos soñaran lo mismo, no se les debe pedir que lo recuerden.

—Señora —intervino el príncipe en tono severo—, ya he dicho a su excelencia que soy el hijo del rey de Narnia.

—Lo seréis, querido amigo —repuso la bruja con una voz sedante, como si estuviera siguiendo la corriente a un niño—, seréis rey de muchos países imaginarios en vuestras fantasías.

—Nosotros también hemos estado allí —espetó Jill.

La niña estaba enojada porque sentía como el hechizo se iba apoderando de ella por momentos; pero desde luego el hecho mismo de sentirlo demostraba que todavía no había funcionado por completo.

—Y vos sois reina de Narnia también, no lo dudo, preciosa niña —respondió la bruja con el mismo tono halagador y medio burlón.

—Nada de eso —replicó ella, dando una patada en el suelo—. Venimos de otro mundo.

—Vaya, este juego todavía me gusta más —dijo la bruja—. Contadnos, pequeña doncella, ¿dónde está ese otro mundo? ¿Qué naves y carruajes se mueven entre él y el nuestro?

Desde luego gran cantidad de cosas desfilaron veloces por la mente de Jill a la vez: la Escuela Experimental, Adela Pennyfather, su propia casa, aparatos de radio, cines, coches, aeroplanos, libretas de racionamiento, colas. Pero todo ello parecía

nebuloso y muy lejano. (*Dring... dring... dring...*
sonaban las cuerdas del instrumento de la bruja.)
Jill no conseguía recordar los nombres de las cosas de nuestro mundo, aunque en aquel momento
no le pasó por la cabeza que la estaban hechizando, ya que la magia ejercía entonces todo su poder; y, como es natural, cuanto más hechizado
está uno, más seguro se siente de no estarlo en absoluto.

Se encontró diciendo, y en aquel momento fue
un gran alivio decirlo:

—No; supongo que ese otro mundo debe de ser
por completo un sueño.

—Sí; es un sueño —afirmó la bruja, sin dejar de
tocar.

—Sí, un sueño —repitió Jill.

—Jamás ha existido un mundo así —siguió la
bruja.

—No —dijeron Jill y Scrubb—, jamás ha existido un mundo así.

—Jamás ha existido otro mundo aparte del mío
—declaró la mujer.

—Jamás ha existido otro mundo aparte del
vuestro —dijeron ellos.

Charcosombrío seguía luchando con energía.

—No sé exactamente qué queréis decir todos
con eso de otro mundo —anunció, hablando

como quien ha perdido el resuello—. Pero podéis tocar ese violín hasta que se os caigan los dedos, y seguiréis sin conseguir que olvide Narnia, ni todo el Mundo Superior. Jamás volveremos a verlo, supongo. Es probable que lo hayáis aniquilado y convertido en un lugar oscuro como éste. Nada es más probable. Pero sé que estuve allí en una ocasión. He visto el cielo lleno de estrellas. He visto alzarse el sol desde el mar por la mañana y hundirse tras las montañas por la noche. Y lo he visto allí arriba, en el cielo del mediodía, cuando no podía mirarlo de frente debido a su resplandor.

La palabras de Charcosombrío tuvieron un efecto estimulante. Los otros tres volvieron a respirar e intercambiaron miradas igual que personas que se acaban de despertar.

—¡Vaya, eso es! —gritó el príncipe—. ¡Desde luego! Que Aslan bendiga a este honrado meneo de la Marisma. Estos últimos minutos hemos estado soñando. ¿Cómo podemos haberlo olvidado? Claro que todos hemos visto el sol.

—¡Diantre, desde luego que lo hemos visto! —exclamó Scrubb—. ¡Felicitaciones, Charcosombrío! Creo que eres el único de todos nosotros con algo de sensatez.

Entonces se oyó la voz de la bruja, arrullando dulcemente como el canto de una paloma torcaz desde los altos olmos de un viejo jardín a las tres del mediodía en una tarde somnolienta de verano; y ésta dijo:

—¿Qué es ese «sol» del que todos habláis? ¿Queréis decir algo con esa palabra?

—Sí, ya lo creo que sí —afirmó Scrubb.

—¿Podéis decirme cómo es? —inquirió ella, y las cuerdas siguieron con su interminable *dring, dring, dring*.

—Con vuestro permiso majestad —dijo el príncipe, con suma frialdad y educación—. ¿Veis esa lámpara? Es redonda y amarilla y emite luz a toda la habitación; y además, cuelga del techo. Pues esa cosa a la que llamamos sol es como la lámpara, sólo que mucho más grande y brillante. Da luz a todo el Mundo Superior y cuelga del cielo.

—¿Cuelga de dónde, milord? —preguntó la bruja; y luego, mientras todos seguían pensando cómo responderle, añadió, con otra de sus dulces y argentinas risas—. ¿Veis? Cuando intentáis pensar con claridad en lo que debe de ser ese «sol», no podéis decírmelo. Sólo podéis decirme que es como la lámpara. Vuestro «sol» es un sueño; y no hay nada en ese sueño que no esté copiado de la lámpara. La lámpara es lo real; el «sol» no es más que un cuento, un relato para niños.

—Sí, ya lo entiendo —repuso Jill en un tono de voz lento y desesperanzado—. Debe de ser así. —Y mientras lo decía, le pareció que era algo muy sensato.

—No existe el sol —repitió la bruja despacio y con voz solemne.

Ellos no dijeron nada, de modo que repitió, con una voz más suave y profunda si cabe:

—El sol no existe.

—Tenéis razón. El sol no existe —dijeron los cuatro a la vez, tras una pausa, y un forcejeo mental; y resultó un gran alivio darse por vencidos y decirlo.

—El sol nunca ha existido —siguió ella.

—No; el sol nunca ha existido —dijeron el príncipe, el meneo de la Marisma y los niños.

Durante los últimos minutos Jill había tenido la sensación de que había algo que debía recordar costara lo que costase. Y en aquel momento lo hizo; pero resultó terriblemente difícil decirlo. Sintió como si unos pesos enormes descansaran sobre sus labios, pero finalmente, con un esfuerzo que pareció dejarla sin energías, dijo:

—Existe Aslan.

—¿Aslan? —preguntó la bruja, acelerando de modo apenas perceptible el ritmo de sus rasgueos—. ¡Qué nombre tan bonito! ¿Qué significa?

—Es el gran león que nos sacó de nuestro mundo —explicó Scrubb— y nos envió a éste para localizar al príncipe Rilian.

—¿Qué es un león? —preguntó la bruja.

—¡Caray! —exclamó Scrubb—. ¿No lo sabéis? ¿Cómo se lo podemos describir? ¿Habéis visto alguna vez un gato?

—Desde luego. Adoro los gatos.

—Bueno pues un león se parece un poco... sólo un poco, claro ésta... a un gato grande... con melena. Pero no es como las crines de un caballo, ¿sabéis?, es más parecida a la peluca de un juez. Y es espantosamente fuerte.

—Ya veo —repuso ella, meneando la cabeza— que no nos irá mejor con vuestro «león», como lo llamáis vosotros; es tan imaginario como vuestro «sol». Habéis visto lámparas, y por lo tanto habéis imaginado una lámpara mayor y mejor y le habéis dado el nombre de «sol». Habéis visto gatos, y ahora queréis uno más grande y mejor, al que se llamará «león». Bueno, es una simulación muy entretenida, aunque, si he de ser franca, resultaría más apropiada para vosotros si fuerais más jóvenes. Y fijaos en cómo no sois capaces de introducir nada en vuestra simulación sin copiarlo de mi mundo real, que es el único mundo. Pero incluso vosotros, niños, sois demasiado mayores para un juego así. En cuanto a vos, mi señor príncipe, que sois un hombre adulto, ¡vaya vergüenza! ¿No os avergüenzan esos jueguecitos? Vamos, todos vosotros. Guardad esos trucos infantiles. Tengo trabajo para todos en el mundo real. No existe Narnia, ni Mundo Superior, ni cielo, ni sol, ni Aslan. Y ahora, todos a dormir. Y empecemos todos una vida más sensata mañana. Pero primero, a la cama; a dormir; un sueño profundo, en almohadas mullidas, un sueño sin sueños absurdos.

El príncipe y los dos niños permanecían de pie con la cabeza inclinada hacia abajo, las mejillas arreboladas, los ojos medio cerrados; toda la energía desaparecida de sus cuerpos; el hechizo casi completado. Sin embargo, Charcosombrío, haciendo desesperadamente acopio de todas sus fuerzas, se dirigió hacia el fuego e hizo algo muy valeroso por su parte. Sabía que no le haría tanto daño como a un humano, pues sus pies —que estaban desnudos— eran palmeados, duros y de sangre fría como los de un ganso. Pero sabía que le haría bastante daño; y así fue. Con el pie desnudo golpeó el fuego, convirtiendo una buena parte en cenizas sobre la plana superficie del hogar. Y tres cosas sucedieron a la vez.

Primero, el aroma dulce y embriagador se redujo bastante; pues aunque no se había apagado todo el fuego, en gran parte sí lo había hecho, y lo que quedaba olía sobre todo a meneo de la Marisma chamuscado, lo que no es precisamente un olor delicioso. Aquello hizo que, inmediatamente, a todos se les aclararan bastante las ideas. El príncipe y los niños volvieron a alzar la cabeza y abrieron los ojos.

En segundo lugar, la bruja, con una voz potente y terrible, por completo distinta de los tonos dulces que había estado utilizando hasta entonces, gritó:

—¿Se puede saber qué haces? Atrévete a tocar otra vez mi fuego, porquería fangosa, y convertiré tu sangre en fuego en el interior de tus propias venas.

En tercer lugar, el dolor hizo que a Charcosombrío se le aclararan las ideas por un instante y eso le permitió saber lo que realmente pensaba. No hay como una buena punzada de dolor para disolver ciertas clases de magia.

—Os diré algo, señora —dijo, apartándose del fuego; cojeando debido al dolor—. Os diré algo. Todo lo que habéis estado diciendo es bastante cierto, sin duda. Soy un tipo al que siempre le ha gustado saber lo peor y luego le ha puesto la mejor cara que ha podido. Así pues, no negaré nada de lo que habéis declarado. Pero hay algo más que debe mencionarse. Supongamos que no hemos hecho más que soñar o inventar todas esas cosas: árboles, hierba, sol, luna, estrellas y al mismo Aslan. Supongamos que sea así. Entonces todo lo que puedo decir es que, en ese caso, las cosas inventadas parecen mucho más importantes que las reales. Supongamos que este pozo negro que tenéis por reino es el único mundo. Pues lo cierto es que me resulta muy poca cosa. ¡Qué curioso! No somos más que criaturas que han inventado un juego, si es que tenéis razón; pero nuestro mundo ficticio deja en mantillas a vuestro mundo real. Por eso voy a quedarme en ese mundo imaginario. Estoy del lado de Aslan incluso aunque no exista ningún Aslan para actuar de guía. Voy a vivir de forma tan parecida a la de un narniano como pueda, aunque no exista Narnia. Así pues, os doy las gracias por la cena que nos habéis ofrecido y, si estos dos caballeros y la joven dama están listos, abandonaremos vuestra corte al momento y marcharemos por la oscuridad para pasar nuestras vidas en la Tierra Superior. Sin duda nuestro tiempo no será largo, diría yo; pero eso no es una gran desgracia si el mundo es un lugar tan aburrido como decís.

—¡Bravo! ¡Vaya con el bueno de Charcosombrío! —exclamaron Scrubb y Jill.

—¡Cuidado! ¡Mirad a la bruja! —gritó entonces el príncipe, de improviso.

Cuando miraron, casi se les pusieron los pelos de punta.

El instrumento musical cayó de las manos de la mujer. Los brazos parecían inmovilizados a los costados; las piernas estaban entrelazadas entre sí, y los pies habían desaparecido. La larga cola verde de la falda se tornó más gruesa y sólida, y pareció formar una única pieza con la retorcida columna que eran sus piernas entrelazadas. Y esa contorsionada columna verde se curvaba y balanceaba como si careciera de articulaciones o por el contrario fuera toda ella articulada. Tenía la cabeza echada hacia atrás y mientras su nariz se alargaba sin cesar, todas las otras partes del rostro parecieron desaparecer, a excepción de los ojos. Enormes ojos llameantes ahora, sin cejas ni pestañas. Hace falta tiempo para relatar todo esto, pero en realidad sucedió con tal rapidez que apenas hubo el tiempo justo de contemplarlo. Mucho antes de que se pudiera hacer nada, el cambio finalizó, y la serpiente enorme en que se había convertido la bruja, verde como el veneno, gruesa como la cintura de Jill, había arrollado dos o tres anillos de su repulsivo cuerpo alrededor de las piernas del príncipe. Rápido como el rayo, otro anillo se movió sinuoso con intención de inmovilizarle el brazo que empuñaba la espada contra el costado; pero el príncipe reaccionó a tiempo. Alzó los brazos y los liberó: el nudo viviente se limitó a enroscarse en su cuerpo, listo para aplastarle las costillas como si fueran leña cuando se cerrara.

El príncipe agarró el cuello de la criatura con la mano izquierda, presionando para intentar asfixiarla. Aquello hizo que el rostro del ser —si es que podemos llamarlo rostro— quedara a apenas unos diez centímetros del suyo. La lengua bífida aleteó horriblemente, entrando y saliendo de las fauces, aunque no consiguió alcanzarlo. Con la mano derecha echó hacia atrás la espada para golpear con todas sus fuerzas. Entretanto Scrubb y Charcosombrío habían desenvainado sus espadas y corrido en su ayuda. Los tres golpes cayeron a la vez: el de Scrubb (que ni siquiera agujereó las escamas del animal y no sirvió de nada) por debajo de la mano del príncipe, y los del príncipe y de Charcosombrío sobre el cuello de la serpiente. Ni siquiera aquello acabó completamente con ella, aunque consiguió que aflojara los anillos que rodeaban las piernas y el pecho de Rilian. Con una serie de insistentes mandobles lograron por fin cercenarle la cabeza, pero la horrible criatura siguió enroscándose y moviéndose como un pedazo de alambre hasta mucho después de haber muerto; y el suelo, como podréis imaginar, quedó hecho una porquería.

—Caballeros —dijo el príncipe, cuando recuperó el aliento—, os doy las gracias.

Los tres triunfadores se quedaron quietos, contemplándose unos a otros, jadeantes, sin decir nada más durante un buen rato. Jill, muy sensatamente, se había sentado y permanecía en silencio; la niña pensaba para sí: «Confío en no desmayarme, romper a llorar ni hacer alguna tontería».

—Mi real madre ha sido vengada —declaró Rilian por fin—. Éste es sin duda alguna el mismo reptil que perseguí en vano junto al manantial del bosque de Narnia, hace tantos años. Todo este tiempo he sido esclavo de la asesina de mi madre. Sin embargo me alegro, caballeros, de que la execrable bruja adoptara su aspecto de serpiente en el último momento. No habría ido con mi corazón ni con mi honor matar a una mujer. Pero atendamos a la dama. —Con esto se refería a Jill.

—Estoy bien, gracias —respondió ésta.

—Mocita —dijo el príncipe, dedicándole una reverencia—, tenéis un gran valor, y por lo tanto, no dudo de que provenís de sangre noble en vuestro propio mundo. Pero venid, amigos. Queda un poco de vino. Recuperémonos y que cada uno brinde por sus compañeros. Después de eso, dediquémonos a hacer planes.

—Una idea magnífica, señor —declaró Scrubb.

CAPÍTULO 13

La Tierra Inferior sin la reina

Todos sentían que se habían ganado lo que Scrubb llamaba un «respiro». La bruja había cerrado la puerta y había dicho a los terranos que no la molestaran, de modo que no existía peligro de que los interrumpieran por el momento. Su primera ocupación fue, desde luego, el pie quemado de Charcosombrío. Un par de camisas limpias procedentes del dormitorio del príncipe, hechas jirones y bien engrasadas por la parte interior con mantequilla y aceite de aliñar obtenidos de la mesa de la cena, sirvieron de excelente vendaje. Una vez que lo hubieron colocado, se sentaron y comieron algo, mientras discutían planes para escapar del Mundo Subterráneo.

Rilian explicó que existían un buen número de salidas por las que se podía acceder a la superficie; a él lo habían sacado al exterior por la mayoría de ellas en una u otra ocasión. Sin embargo, jamás había ido solo, siempre con la bruja; y siempre había llegado a aquellas salidas viajando en una nave por el Mar Sin Sol. Qué dirían los terranos si descendía al puerto sin la bruja, en compañía de unos desconocidos y sencillamente pedía un barco, nadie podía adivinarlo; aunque lo más probable era que hicieran preguntas incómodas. Por otra parte la nueva salida, la abierta para la invasión del Otro Mundo, se encontraba en aquel lado del mar, y a unos pocos kilómetros de distancia. El príncipe sabía que estaba casi terminada; sólo unos pocos metros separaban la excavación del aire libre. Incluso podía que ya estuviera terminado casi por completo. Tal vez la bruja hubiera regresado para decírselo e iniciar el ataque. Incluso aunque no lo estuviera, probablemente ellos mismos podrían abrirse paso por aquella ruta, cavando, en unas pocas horas; eso si conseguían llegar sin que los detuvieran y si no encontraban vigilantes en la excavación. Aquéllas eran las dificultades.

—Si me preguntáis... —empezó Charcosombrío, cuando Scrubb lo interrumpió.

—Oíd —dijo—, ¿qué es ese ruido?

—¡Hace rato que me pregunto lo mismo! —indicó Jill.

En realidad, todos habían oído el ruido pero se había iniciado y aumentado de un modo tan gradual que no sabían cuándo habían empezado a advertirlo. Durante un tiempo había sido únicamente un vago desasosiego como de suaves ráfagas de viento o tráfico muy lejano, luego aumentó hasta un murmullo parecido al rumor del mar. Más tarde llegaron los retumbos y la impetuosidad. En aquellos momentos parecía haber también voces y un rugido constante que no eran voces.

—¡Por el León! —dijo el príncipe Rilian—, parece que este mundo silencioso ha encontrado por fin la capacidad de hablar.

Se alzó, fue hacia la ventana y apartó a un lado las cortinas. Sus compañeros se apelotonaron a su alrededor para mirar.

Lo primero que advirtieron fue un enorme fulgor rojo, cuyo reflejo formaba una mancha roja en el techo del Mundo Subterráneo a cientos de metros por encima de ellos, de modo que podían ver la rocosa bóveda que tal vez había estado oculta en la oscuridad desde la creación del mundo. El resplandor mismo procedía del otro extremo de la ciudad, con lo que muchos edificios, tétricos y enormes, se recortaban negros contra él. Pero también proyectaba luz sobre muchas calles que se dirigían al castillo. Y en aquellas calles sucedía algo muy extraño. Las muchedumbres apretujadas y silenciosas de terranos habían desaparecido, y en su lugar se veían figuras que corrían veloces solas o en grupos de dos o de tres. Se comportaban como quien no quiere que lo vean: acechando en la sombra detrás de contrafuertes o en los portales, y a continuación moviéndose veloces por terreno descubierto hasta llegar a nuevos lugares en los que ocultarse. Pero lo más curioso de todo, para cualquiera que conociera a los gnomos, era el ruido. De todas direcciones llegaban gritos y chillidos, mientras que del puerto ascendía un sordo rugido atronador que era cada vez más fuerte y estremecía a toda la ciudad.

—¿Qué les ha sucedido a los terranos? —preguntó Scrubb—. ¿Son ellos los que chillan?

—No creo —respondió el príncipe—. Jamás he oído que ninguno de esos bribones hablara siquiera con voz sonora durante los tediosos años de mi cautiverio. Alguna nueva perversidad, sin duda.

—Y ¿qué es esa luz roja de ahí? —inquirió Jill—. ¿Arde algo?

—Si me lo preguntáis —respondió Charcosombrío—, yo diría que se trata de los fuegos del centro de la Tierra que se abren paso hacia las alturas para formar un nuevo volcán. No me sorprendería nada que nos encontráramos en pleno centro de él.

—¡Mirad ese barco! —exclamó Scrubb—. ¿Por qué se acerca a tanta velocidad? No hay nadie remando.

—¡Fijaos! ¡Fijaos! —dijo el príncipe—. El barco está ya muy metido en este lado del puerto... ¡Está en la calle! ¡Mirad! ¡Todos los barcos están entrando en la ciudad! Por mi cabeza que el mar se está alzando. Se nos viene encima una marea. Demos gracias a Aslan de que este castillo esté situado en terreno elevado. Pero las aguas se acercan a una velocidad espantosa.

—¿Qué debe de estar sucediendo? —gritó Jill—. Fuego y agua y toda esa gente zigzagueando por las calles.

—Os diré qué es —intervino Charcosombrío—. Esa bruja ha colocado una serie de conjuros mágicos de modo que si alguna vez la mataban, en ese mismo instante todo su reino se hiciera pedazos. Es de la clase de persona a la que no le importaría demasiado morir si supiera que el tipo que acabó con ella iba a resultar quemado, enterrado o ahogado cinco minutos más tarde.

—Habéis acertado, amigo meneo —dijo el príncipe—. Cuando nuestras espadas cortaron a tajos la cabeza de la bruja, ese golpe puso fin a todas sus creaciones mágicas, y ahora el Reino de las Profundidades se desmorona. Contemplamos el fin del Mundo Subterráneo.

—Eso es, señor —repuso Charcosombrío—, a menos que vaya a ser el final de todos los mundos.

—Pero ¿es que tenemos que quedarnos aquí quietos a... esperar? —dijo Jill con voz entrecortada.

—Si queréis mi opinión, no —replicó el príncipe—. Yo salvaría a mi caballo, *Tizón*, y al caballo de la bruja, *Copo de Nieve*, que es una bestia noble y digna de poseer mejor dueña, que están en un establo situado en el patio. Después de eso, arreglémonoslas para llegar a terreno elevado y roguemos para que podamos hallar una salida. Los caballos pueden transportar a dos de nosotros cada uno si es necesario, y si los presionamos podrían dejar atrás la inundación.

—¿No se pondrá armadura su alteza? —preguntó Charcosombrío—. No me gusta el aspecto de esos... —Y señaló en dirección a la calle.

Todos miraron abajo. Docenas de criaturas (y ahora que estaban cerca, evidentemente se trataba de terranos) ascendían desde el puerto. Pero no se movían como una muchedumbre sin rumbo, sino que se comportaban igual que soldados modernos en un ataque, realizando carreras cortas y colocándose a cubierto, ansiosas por no ser vistas desde las ventanas del castillo.

—No me atrevo a volver a ponerme esa armadura —declaró el príncipe—. Cabalgaba con ella como si estuviera en una mazmorra móvil, y apesta a magia y a esclavitud. Pero tomaré el escudo.

Abandonó la habitación y regresó con una luz curiosa en los ojos al cabo de un momento.

—Mirad, amigos —dijo, alargando el escudo hacia ellos—. Hace una hora era negro y sin emblema; y ahora, observad.

El escudo se había vuelto brillante como la plata, y sobre él, más roja que la sangre o las cerezas, se veía la figura del león.

—Sin duda —siguió el príncipe— esto significa que Aslan será nuestro buen señor, tanto si su intención es que muramos como que vivamos. Y para el caso es indiferente. Ahora, mi consejo es que nos arrodillemos y besemos su imagen, y luego que todos nos estrechemos las manos, como auténticos amigos que tal vez se vean obligados a separarse dentro de poco. Y a continuación, descendamos a la ciudad y aceptemos la aventura que se nos envía.

Y todos hicieron lo que decía el príncipe. Pero cuando Scrubb estrechó la mano de Jill, dijo:

—Hasta pronto, Jill. Lamento haber sido un gallina y un cascarrabias. Espero que llegues a casa sana y salva.

—Hasta pronto, Eustace —dijo ella por su parte—. Y siento haberme comportado tan mal.

Y aquélla fue la primera vez que usaron sus nombres de pila, porque nadie lo hacía en la escuela.

El príncipe hizo girar la llave de la puerta y descendieron la escalera: tres de ellos empuñaban espadas y Jill llevaba un cuchillo. Los sirvientes habían desaparecido y la enorme habitación situada al pie del torreón del príncipe estaba vacía. Las lámparas grises y lúgubres continuaban ardiendo y a su luz no tuvieron ninguna dificultad en cruzar galería tras galería y descender una escalera tras otra. Los ruidos del exterior del castillo no se oían con tanta facilidad allí como en la habitación de la parte superior. Dentro del edificio todo estaba tan silencioso como un sepulcro, y desierto. Hasta que doblaron una esquina para penetrar en el inmenso salón de la planta baja no encontraron al primer terrano: una criatura rechoncha y blanquecina con un rostro muy parecido al de un cerdo pequeño que estaba engullendo

todos los restos de comida de las mesas. Chilló
—un chillido que recordó sobremanera al de un
cerdo— y corrió a refugiarse bajo un banco, apar-
tando la larga cola lejos del alcance de Charcosombrío justo a tiempo. Luego salió huyendo por
la puerta situada al otro extremo, demasiado aprisa para que pudieran seguirlo.

Desde el salón salieron al patio. Jill, que iba a
una escuela de equitación durante las vacaciones,
acababa de detectar el olor de un establo (un olor
que resultaba muy agradable, franco y acogedor
en un lugar como la Tierra Inferior) cuando Eustace dijo:

—¡Cielos! ¡Mirad eso!

Un cohete magnífico se había alzado desde algún punto situado más allá de las murallas del
castillo y había estallado en una lluvia de estrellas
verdes.

—¡Fuegos artificiales! —exclamó Jill en tono
perplejo.

—Sí —convino Eustace—, pero no diría yo que
esos terranos los disparen por pura diversión. Sin
duda es una señal.

—Y no significa nada bueno para nosotros, me
temo —declaró Charcosombrío.

—Amigos —intervino el príncipe—, cuando a
uno lo lanzan a una aventura como ésta, debe

despedirse de esperanzas y temores, de lo contrario la muerte o la liberación llegarán ambas demasiado tarde para salvar su honor y su razón. So, preciosidades. —Abría ya en aquellos momentos la puerta del establo—. ¡Hola, amigos! ¡Tranquilo, *Tizón*! ¡Con suavidad, *Copo de Nieve*! No nos hemos olvidado de vosotros.

Los caballos estaban asustados tanto de las extrañas luces como de los ruidos. Jill, que había sido tan cobarde cuando había tenido que atravesar un agujero negro entre una cueva y otra, penetró sin temor en medio de los animales que resoplaban y pateaban el suelo, y ella y el príncipe los tuvieron ensillados y con las bridas puestas en unos minutos. Espléndido era el aspecto de los caballos cuando salieron al patio, agitando la cabeza. Jill montó a *Copo de Nieve*, y Charcosombrío se colocó tras ella. Eustace montó detrás del príncipe sobre *Tizón*. Luego con un gran resonar de cascos, salieron por la puerta principal a la calle.

—No corremos peligro de quemarnos. Ése es el lado menos preocupante —observó Charcosombrío, indicando a la derecha del grupo, donde, apenas a cien metros de distancia, lamiendo las paredes de las casas, se veía ya el agua.

—¡Valor! —dijo el príncipe—. Por allí la calzada desciende en una pendiente pronunciada. El agua ha llegado sólo a la mitad de la colina más alta de la ciudad. Podría acercarse mucho en la primera media hora y luego no ascender más durante las dos siguientes. Mi temor está más bien dirigido a eso...

Señaló con la espada a un terrano alto y fornido con colmillos de jabalí, seguido por otros seis de formas y tamaños variados que acababan de salir a toda velocidad de una callejuela para introducirse bajo las sombras de las casas, donde nadie podía verlos.

El príncipe los condujo, dirigiéndose siempre en dirección a la reluciente luz roja pero un poco a la izquierda de ésta. Su plan era rodear el fuego —si era un fuego— para llegar a terreno elevado, con la esperanza de que pudieran encontrar el camino hasta la nueva excavación. Al contrario de los otros tres, parecía divertirse. Silbaba al cabalgar, y cantó fragmentos de una vieja canción sobre Corin Puño de Trueno de Archenland. Lo cierto era que se sentía tan contento de ser libre de su prolongado hechizo que todos los peligros le parecían un juego en comparación. Al resto, no obstante, les pareció un viaje estremecedor.

A su espalda se oía el sonido de naves que chocaban y se entrecruzaban, y el retumbar de edificios que se derrumbaban. En lo alto había un retazo de luz pálida en el techo del Mundo Subterráneo y al frente el resplandor misterioso, que no parecía aumentar de tamaño. De la misma dirección llegaba un continuo barullo de gritos, alaridos, pitidos, risas, chirridos y bramidos; y fuegos artificiales de toda clase se elevaban en el oscuro aire. Nadie era capaz de adivinar su significado. Más cerca de ellos, la ciudad estaba iluminada en parte por el resplandor rojo, y en parte por la iluminación, muy diferente de la deprimente luz de las lámparas de los gnomos. No obstante, había muchos lugares sobre los que no caía ninguna de aquellas luces, y dichos lugares estaban negros como boca de lobo. Figuras de terranos entraban y salían sin parar, como exhalaciones, de aquellos sitios, siempre con los ojos fijos en los viajeros, siempre intentando mantenerse fuera de su vista. Había rostros enormes y rostros menudos, ojos inmensos, como de peces, y ojos pequeños como los de los osos. Había plumas y púas, cuernos y colmillos, hocicos como látigos y barbillas tan largas que parecían barbas. De vez en cuando un grupo se tornaba demasiado numeroso o se acercaba en exceso, y en aquellas ocasiones el príncipe blandía la espada y hacía amago de ir a cargar contra ellos.

Y las criaturas, con toda clase de silbidos, chirridos y cloqueos, se perdían en la oscuridad.

Pero cuando llevaban ascendidas muchas calles empinadas y se hallaban lejos de la inundación y casi fuera de la ciudad por el lado de tierra firme, ocurrió algo más serio. Se encontraban ya cerca del resplandor rojo y casi a la misma altura que él, aunque seguían sin poder ver lo que era en realidad. De todos modos, a su luz sí pudieron ver a sus enemigos con mayor claridad. Cientos —tal vez unos cuantos miles— de gnomos se movían hacia el resplandor. Pero lo hacían en carreras cortas, y tras cada una, se detenían, giraban y se quedaban de cara hacia los viajeros.

—Si su alteza me preguntara —dijo Charcosombrío—, yo diría que esos tipos tienen la intención de cortarnos el paso por delante.

—Eso es justo lo que yo pensaba, Charcosombrío —repuso el príncipe—. Y jamás podremos abrirnos paso por entre tantos terranos. ¡Escuchad! Sigamos cabalgando hasta llegar junto a aquella casa de allí, y en cuanto lleguemos a ella, ¡escabullíos entre su sombra! La dama y yo seguiremos adelante un poco más. Algunos de estos demonios nos seguirán, no lo dudo; tenemos un montón detrás de nosotros. Vos, que tenéis los brazos largos, agarrad a uno vivo si podéis, cuando pase junto a vuestro escondite. Tal vez podamos sacarle información o averiguar qué tienen en nuestra contra.

—Pero ¿no se abalanzaran los otros contra nosotros para rescatar al que atrapemos? —preguntó Jill con una voz no tan firme como pretendía.

—Entonces, señora —respondió el príncipe—, nos veréis morir peleando a vuestro alrededor, y deberéis encomendaros al león. Ahora, buen Charcosombrío.

El meneo de la Marisma descabalgó, perdiéndose en la oscuridad con la rapidez de un gato. El resto, durante un angustioso minuto. siguió adelante. Entonces, repentinamente, de detrás de ellos surgieron una serie de alaridos que helaban la sangre, mezclados con la voz familiar de Charcosombrío, que decía:

—¡Vamos, vamos! No empieces a chillar antes de que te hagan daño, o sí que te harán daño, ¿entiendes? Cualquiera diría que están degollando a un cerdo.

—Hemos cobrado una pieza —exclamó el príncipe, haciendo girar a *Tizón* inmediatamente para regresar a la esquina de la casa—. Eustace —indicó—, os ruego que sujetéis la cabeza de *Tizón*.

Desmontó a continuación, y los tres observaron en silencio mientras Charcosombrío arrastraba a su presa a la luz. Era un gnomo menudo y con un aspecto de lo más miserable, de apenas noventa centímetros de altura. Tenía una especie de cresta, como la de un gallo, aunque más dura, en lo alto de la cabeza, ojillos rosados y una boca y una barbilla tan larga y redonda que el rostro recordaba el de un hipopótamo pigmeo. De no haberse encontrado en el aprieto en el que estaban, habrían estallado en carcajadas nada más verlo.

—Bien, terrano —dijo el príncipe, irguiéndose ante él y sosteniendo la punta de su espada muy cerca del cuello del prisionero—, habla como un gnomo sincero y quedarás libre. Compórtate como un bellaco y serás terrano muerto. Mi buen Charcosombrío, ¿cómo queréis que hable si le mantenéis la boca tapada?

—Es que así tampoco puede morder —respondió éste—. Si yo poseyera esas ridículas manos que tenéis vosotros los humanos, con perdón de su alteza sea dicho, estaría todo cubierto de sangre a estas alturas. No obstante, incluso un meneo de la Marisma se cansa de que lo mordisqueen.

—Señor mío —dijo el príncipe al gnomo—, un mordisco más y morirás. Deja que abra la boca, Charcosombrío.

—Uuhh —chilló el terrano—. Soltadme, soltadme. No soy yo. Yo no lo hice.

—No hiciste ¿qué? —inquirió Charcosombrío.

—Lo que sea que sus señorías digan que hice —respondió la criatura.

—Di cómo te llamas —ordenó el príncipe— y qué estáis tramando.

—Os lo ruego, señorías, por favor, amables caballeros —gimoteó el gnomo—. Prometed que no contaréis a su excelencia la reina nada de lo que diga.

—Su excelencia la reina, como la llamas —repuso el príncipe con severidad—, está muerta. La maté yo mismo.

—¡Qué! —exclamó el gnomo, abriendo desmesuradamente la ridícula boca, asombrado—. ¿Muerta? ¿La bruja está muerta? ¿Y por la mano de vuestra señoría? —Profirió un enorme suspiro de alivio y añadió—: ¡Vaya, pues en ese caso su señoría es un amigo!

El príncipe apartó la espada unos tres centímetros, y Charcosombrío dejó que la criatura se enderezara. El ser paseó la mirada por los cuatro viajeros con ojos rojos centelleantes, rió entre dientes, y empezó a hablar.

CAPÍTULO 14

El Fondo del Mundo

—Me llamo Golg —dijo el gnomo— y contaré a sus señorías todo lo que sé. Hará una hora estábamos todos ocupados en nuestra obra, la obra de ella, debería decir, tristes y silenciosos, como hemos hecho todos los días durante años y más años. Entonces se oyó un estrépito y un golpe enormes. En cuanto lo oyeron, todos se dijeron a sí mismos: «Hace mucho tiempo que no he cantado, bailado ni soltado un petardo; ¿por qué será?». Y todos pensaron: «Vaya, sin duda he estado hechizado». Y a continuación todos se dijeron: «Que me cuelguen si sé por qué transporto esta carga. No pienso seguir haciéndolo: está decidido». Y todos arrojamos nuestros sacos, fardos y herramientas. Luego todo el mundo se dio la vuelta y vio el enorme resplandor rojo de allí delante. Y todos se preguntaron: «¿Qué es eso?». Y todos se respondieron: «Eso es una sima que se acaba de abrir y un resplandor agradablemente cálido asciende por ella desde la Tierra Realmente Profunda, a miles de brazas bajo nosotros».

—¡Cielos! —exclamó Eustace—, ¿existen otras tierras más abajo aún?

—Desde luego, señoría —respondió Golg—. Lugares preciosos; lo que nosotros llamamos el País de Bism. Este territorio en el que estamos ahora, el territorio de la bruja, es lo que nosotros llamamos las Tierras Superficiales. Se encuentra demasiado cerca de la superficie para nuestro gusto. ¡Uf! Es casi como vivir en el exterior, en la superficie misma. Lo cierto es que somos todos unos pobres gnomos procedentes de Bism a los que la bruja trajo aquí arriba mediante la magia para que trabajaran para ella. Pero lo habíamos olvidado todo hasta que ocurrió ese estallido y el hechizo se rompió. No sabíamos quiénes éramos ni adónde pertenecíamos. No éramos capaces de hacer nada, ni pensar nada, excepto lo que ella colocaba en nuestras mentes. Y fueron cosas tristes y tenebrosas las que puso allí durante todos estos años. Casi he olvidado cómo contar un chiste o bailar una giga. Pero en cuanto se produjo la explosión y se abrió la sima y el mar empezó a subir, todo regresó. Y desde luego todos nos pusimos en marcha tan rápido como pudimos para descender por la grieta y dirigirnos a nuestro país. Y los podéis ver allí a todos, lanzando cohetes y dando volteretas de alegría. Y agradeceré enormemente a sus señorías que me dejen marchar en seguida para unirme a ellos.

—Creo que esto es espléndido —declaró Jill—. ¡Me alegro tanto de que hayamos liberado a los gnomos a la vez que a nosotros mismos cuando le cortamos la cabeza a la bruja! Y me encanta que no sean antipáticos y tristes por naturaleza, como tampoco lo era el príncipe... aunque, bueno, lo parecía.

—Todo eso está muy bien, Pole —dijo Charcosombrío con cautela—. Pero esos gnomos no me han dado la impresión de ser tipos que estuvieran huyendo. Parecían más bien formaciones militares. Mírame a la cara, señor Golg, y dime si no os estabais preparando para pelear.

—Claro que lo hacíamos, señoría —respondió el aludido—. No sabíamos que la bruja estaba muerta. Pensábamos que nos observaba desde el castillo. Intentábamos escabullirnos sin ser vistos. Y luego, cuando vosotros cuatro salisteis con las espadas y los caballos, todo el mundo pensó, como es natural, que su señoría estaba del lado de la bruja. Y nosotros estábamos decididos a pelear como nadie antes que abandonar la esperanza de regresar a Bism.

—Juraría que se trata de un gnomo sincero —dijo el príncipe—. Soltadlo, amigo Charcosombrío. En cuanto a mí, buen Golg, he estado hechizado igual que tú y tus compañeros, y acabo de recordar cómo era. Y ahora, una pregunta más. ¿Conoces el camino hasta esas nuevas excavaciones, por las que la hechicera pensaba conducir un ejército contra la Tierra Superior?

—¡Uy! —chirrió Golg—. Sí, claro que conozco esa carretera inmunda. Os enseñaré dónde empieza. Pero de nada sirve que su señoría me pida que lo acompañe. Antes preferiría morir.

—¿Por qué? —inquirió Eustace lleno de inquietud—. ¿Qué hay tan espantoso en ella?

—Está demasiado cerca del exterior —respondió él, estremeciéndose—. Eso es lo peor que la bruja nos hizo. Íbamos a ser conducidos al aire libre... a la parte exterior del mundo. Dicen que allí no hay techo; únicamente un vacío horrible que llaman cielo. Y las excavaciones han avanzado tanto que unos pocos golpes de pico os sacarían al exterior. No me atrevería a acercarme.

—¡Bravo! ¡Así se habla! —exclamó Eustace.

—Pero la superficie no es horrible —añadió Jill—. Nos gusta. Vivimos ahí.

—Ya sé que vosotros, los habitantes de la superficie, vivís ahí —declaró Golg—. Pero creía que era porque no encontrabais el modo de bajar al interior. No puede ser que os guste ... ¡arrastraros como moscas por la parte superior del mundo!

—¿Qué tal si nos muestras el camino ahora mismo? —inquirió Charcosombrío.

—En buena hora —dijo el príncipe.

El grupo se puso en marcha. El príncipe volvió a montar en su caballo de batalla, Charcosombrío subió detrás de Jill, y Golg encabezó la marcha. Mientras avanzaba gritaba las buenas nuevas sobre la muerte de la bruja y anunciaba que los cuatro habitantes de la superficie no eran peligrosos; y los que lo oyeron lo gritaron a otros, de modo que en pocos minutos toda la Tierra Inferior resonaba con sus gritos y aclamaciones, y miles de gnomos, dando saltos y volteretas, haciendo el pino, jugando a la pídola y tirando enormes petardos, se amontonaron alrededor de ellos. El príncipe tuvo que contar la historia de su propio encantamiento y liberación al menos diez veces.

De ese modo llegaron al borde de la sima, que tenía unos trescientos metros de longitud y unos sesenta de ancho. Desmontaron y fueron hasta el borde para mirar en su interior. Un calor muy fuerte azotó sus rostros, mezclado con un olor que no se parecía a nada que hubieran olido jamás. Era intenso, agudo, excitante y hacía estornudar. El fondo era tan brillante que al principio los deslumbró y no pudieron ver nada. Cuando se acostumbraron, les pareció distinguir un río de fuego, y, en las orillas de éste, lo que parecían campos y bosquecillos de un insoportable fulgor abrasador; aunque resultaban tenues comparados con el río. Había azules, rojos, verdes y blancos todos revueltos: una magnífica vidriera emplomada con el sol tropical brillando justo a través de ella en pleno mediodía podría parecérseles. Descendiendo por las escarpadas laderas del abismo, negros como moscas al recortarse en aquella luz llameante, había cientos de terranos.

—Señorías —dijo Golg (y cuando se volvieron para mirarlo no pudieron ver nada excepto tinieblas durante unos pocos minutos, debido al deslumbramiento de sus ojos)—. Señorías, ¿por qué no bajáis a Bism? Seríais más felices allí que en ese país frío, desprotegido y desnudo que hay arriba. Al menos, bajad para efectuar una corta visita.

Jill dio por supuesto que ninguno de sus compañeros tomaría en cuenta tal sugerencia ni por un momento; por eso, se horrorizó al oír que el príncipe decía:

—Realmente, amigo Golg, casi me dan ganas de ir contigo. Pues sería una aventura maravillosa, y puede que ningún mortal haya contemplado Bism o vuelva a tener jamás la oportunidad de hacerlo. Y no sé cómo, con el paso de los años, soportaré pensar que en una ocasión pude haber investigado la fosa más profunda de la Tierra y que me abstuve de hacerlo. Pero ¿podría ir ahí un hombre? ¿No vivís en el río de fuego?

—Claro que no, señoría. Nosotros no. Únicamente las salamandras viven en el mismo fuego.

—¿Qué clase de bestia es una salamandra? —preguntó el príncipe.

—Es difícil explicar a qué clase pertenecen, señoría —respondió Golg—. Pues están demasiado al rojo vivo para poderlas mirar, pero en su mayoría son como dragones pequeños. Nos hablan desde el fuego. Son fantásticamente hábiles con la lengua: muy ingeniosas y elocuentes.

Jill dirigió una veloz mirada a Eustace. Había tenido la seguridad de que a él le gustaría aún menos que a ella la idea de descender por aquella sima. El corazón le dio un vuelco cuando vio que su rostro mostraba una expresión muy distinta. Se parecía mucho más al príncipe que al viejo aburrido Scrubb de la Escuela Experimental; todas sus aventuras, y la época en que había navegado con el rey Caspian regresaban a su memoria.

—Alteza —dijo—, si mi viejo amigo, el ratón Reepicheep, estuviera aquí diría que ahora no podíamos rechazar la aventura de Bism sin que significara un grave agravio a nuestro honor.

—Ahí abajo —indicó Golg— os podría mostrar oro, plata y diamantes auténticos.

—¡Tonterías! —exclamó Jill, en tono desabrido—. Como si no supiéramos que nos encontramos por debajo de las minas más profundas.

—Sí —repuso Golg—, he oído hablar de esos arañazos insignificantes en la corteza que vosotros, en la superficie, llamáis minas. Pero ahí es donde obtenéis oro, plata y gemas sin vida. Abajo en Bism los tenemos vivos y en crecimiento. Allí os recogería ramilletes de rubíes que podríais co-

mer y exprimir para conseguir una copa llena de
jugo de diamante. No encontraréis ningún placer
en manosear los tesoros fríos y muertos de vuestras minas superficiales después de haber probado los llenos de vida de Bism.

—Mi padre fue al Fin del Mundo —declaró
Rilian, pensativo—. Sería maravilloso si su hijo
fuera al Fondo del Mundo.

—Si su alteza desea ver a su padre mientras
éste sigue vivo, lo que creo que preferirá —intervino Charcosombrío—, es hora ya de que alcance-
mos esa calzada que lleva a las excavaciones.

—Y yo no pienso bajar por ese agujero digáis lo
que digáis —declaró Jill.

—Bien, si sus señorías realmente están decidi-
das a regresar al Mundo Superior —dijo Golg—
hay un pedazo de la calzada que se encuentra
bastante por debajo de esto. Y tal vez, si la inundación sigue subiendo...

—¡Vamos, vamos, sigamos! —suplicó Jill.

—Me temo que así debe ser —indicó el príncipe
con un profundo suspiro—. Sin embargo, he dejado la mitad de mi corazón en la tierra de Bism.

—¡Por favor! —imploró la niña.

—¿Dónde está la calzada? —preguntó Charcosombrío.

—Hay linternas que la iluminan durante todo

el camino —respondió Golg—. Sus señorías pueden ver el inicio al otro extremo de la sima.

—¿Durante cuánto tiempo permanecerán encendidas las linternas? —preguntó Charcosombrío.

En aquel momento una voz siseante y abrasadora como la voz del mismo fuego —más tarde se preguntaron si no podría haber sido la de una salamandra— surgió sibilante de las profundidades de Bism.

—¡Rápido! ¡Rápido! ¡Rápido! ¡A los precipicios, a los precipicios! —dijo—. La grieta se cierra. Se cierra. Se cierra. ¡Rápido! ¡Rápido!

Y al mismo tiempo, con un conjunto de crujidos y chirridos ensordecedores, las rocas se movieron. Ya mientras las miraban, la sima se tornó más angosta. De todas partes, gnomos retrasados se precipitaban a su interior. No esperaban a bajar por las rocas, sino que se arrojaban de cabeza y, o bien debido a que una potente ráfaga de aire caliente ascendía con fuerza de fondo o por otro motivo desconocido, vieron cómo descendían flotando como hojas. Cada vez eran más los que flotaban, amontonándose de tal modo que su negra masa casi ocultaba el río llameante y los bosquecillos de gemas vivas.

—Adiós, señorías. Me voy —gritó Golg y se lanzó al interior.

Sólo quedaban unos pocos para seguirlo. La sima ya no era más ancha que un arroyo. Al poco se volvió tan estrecha como la abertura de un buzón y luego no fue más que una brillante cinta roja. Entonces, con una sacudida como si un millar de trenes de mercancías se estrellaran contra miles de pares de topes, los rebordes de roca se cerraron. El ardiente y enloquecedor olor desapareció. Los viajeros se quedaron solos en el Mundo Subterráneo, que ahora resultaba mucho más oscuro que antes. Pálidas, tenues y deprimentes, las linternas marcaban la dirección de la calzada.

—Bien —dijo Charcosombrío—, apuesto a que ya nos hemos demorado demasiado, pero podemos intentarlo. No me sorprendería que esas luces se apagaran en menos de cinco minutos.

Instaron a los caballos a iniciar un medio galope y marcharon ruidosamente por la senda en sombras con gran elegancia. Pero casi al momento ésta empezó a descender y habrían pensado que Golg los había enviado por el camino equivocado de no haber visto, al otro lado del valle, que las luces seguían adelante y hacia arriba hasta donde alcanzaba la vista. Sin embargo, en el fondo del valle las linternas brillaban sobre agua en movimiento.

—Démonos prisa —gritó el príncipe.

Galoparon ladera abajo. Sólo cinco minutos más tarde habría sido bastante desagradable el paso por el fondo, pues la marea ascendía por el valle como un saetín, y de haber tenido que nadar, habría resultado difícil que los caballos consiguieran pasar. Sin embargo, aún no tenía más de unos treinta o sesenta centímetros de profundi-

dad, y aunque formaba terribles remolinos alrededor de las patas de los animales, consiguieron alcanzar el otro lado sanos y salvos.

Entonces empezó la lenta y fatigosa marcha colina arriba con nada más ante los ojos que las pálidas luces que ascendían y ascendían hasta donde alcanzaba la vista. Cuando miraron atrás vieron cómo crecía el agua. Todas las colinas de la Tierra Inferior eran ya islas, y sólo en esas islas permanecían las lámparas. A cada momento se extinguía alguna luz lejana. Pronto reinaría la oscuridad por todas partes excepto en la calzada que seguían; e incluso en la parte inferior de ésta a su espalda, si bien no se había extinguido ninguna aún, la luz de las lámparas brillaba sobre el agua.

Aunque tenían buenos motivos para apresurarse, los caballos no podían seguir eternamente sin un descanso. Se detuvieron; y en silencio escucharon el chapoteo del agua.

—Me gustaría saber si, ése como se llame, el Padre Tiempo, estará inundado —dijo Jill—. Y también todos aquellos animales extraños.

—No creo que estemos tan cerca de la superficie —repuso Eustace—. ¿No recuerdas que tuvimos que descender para llegar al Mar Sin Sol?

—De cualquier modo —intervino Charcosombrío—, me preocupan más los faroles de esta calzada. Tienen un aspecto un poco macilento, ¿no os parece?

—Siempre lo han tenido —respondió Jill.

—Ya —dijo él—, pero ahora están más verdes.

—¿No querrás decir que crees que se están apagando? —gritó Eustace.

—Bueno, funcionen como funcionen, no se puede esperar que duren eternamente, ya lo sabes —replicó el meneo de la Marisma—. Pero no te desanimes, Scrubb. También tengo la mirada puesta en el agua, y no creo que esté subiendo tan de prisa como antes.

—¡Menudo consuelo, amigo! —dijo el príncipe—, ¿de qué nos servirá si no podemos hallar la salida? Os suplico misericordia a todos, pues se me debe culpar a mí por mi orgullo y fantasía, que nos retrasó en la boca de la tierra de Bism. Ahora, sigamos adelante.

Durante aproximadamente la hora que siguió, hubo ocasiones en que Jill pensó que quizá Charcosombrío estaba en lo cierto respecto a los faroles, y otras en que se convenció de que no era más que su imaginación. Entretanto el terreno cambiaba. El techo de la Tierra Inferior estaba tan cerca que incluso bajo aquella luz mortecina podían verlo con bastante claridad. Y las paredes, enormes y escarpadas, se acercaban cada vez más por ambos lados. De hecho, la senda los conducía hacia el interior de un empinado túnel. Empezaron a pasar junto a picos, palas y carretillas y otras señales de que los cavadores habían trabajado allí no hacía mucho. Si pudieran estar seguros de que iban a lograr salir al exterior, todo aquello resultaría muy alentador; pero la idea de seguir adelante, por un agujero que cada vez sería más estrecho, lo que haría más difícil maniobrar en su interior, resultaba muy desagradable.

Finalmente el techo resultó tan bajo que Charcosombrío y el príncipe se golpeaban la cabeza contra él. El grupo desmontó y condujo a los caballos de las riendas. El camino era irregular allí y había que pisar con cuidado. Así fue como Jill advirtió que la oscuridad aumentaba. Ya no había la menor duda al respecto; los rostros de los demás resultaban extraños y fantasmagóricos en el verde resplandor. Entonces, de improviso —no pudo evitarlo—, Jill lanzó un alarido. Una luz, la siguiente situada delante, se extinguió por completo. La de detrás hizo lo mismo. A continuación se quedaron en la más absoluta oscuridad.

—Valor, amigos —dijo la voz del príncipe Rilian—, tanto si vivimos como si morimos Aslan será nuestro buen señor.

—Es cierto, señor —repuso la voz de Charcosombrío—. Y siempre debéis recordar que hay algo positivo en quedarse atrapado aquí abajo: ahorrará gastos en funerales.

Jill se mordió la lengua, pues si uno no desea que los demás sepan lo asustado que está, es un gesto muy sensato no abrir la boca; es la voz la que siempre lo delata a uno.

—Tanto da si seguimos adelante como si nos quedamos aquí —declaró Eustace, y al escuchar el temblor en su voz, Jill supo lo acertada que había sido la decisión de no confiar en la suya.

Charcosombrío y Eustace pasaron delante con los brazos extendidos al frente, por miedo a tropezar con algo; Jill y el príncipe los siguieron, conduciendo a los caballos.

—Oíd —escucharon decir a la voz de Eustace mucho más tarde—, ¿me fallan los ojos o hay una zona de luz allí arriba?

Antes de que nadie pudiera responder, Charcosombrío gritó:

—Alto. He ido a parar a un callejón sin salida. Y es tierra, no roca. ¿Qué es lo que decías, Scrubb?

—Por el león —dijo el príncipe—. Eustace tiene razón. Hay una especie de...

—Pero no es la luz del día —indicó Jill—. Es sólo una especie de fría luz azulada.

—De todos modos es mejor que nada —dijo Eustace—. ¿Podemos subir hasta ella?

—No está en lo más alto —repuso Charcosombrío—. Se encuentra por encima de nosotros, pero en esta pared contra la que hemos ido a parar. ¿Qué te parece, Pole, si te subes sobre mis hombros y miras a ver si puedes llegar hasta ella?

CAPÍTULO 15

La desaparición de Jill

La mancha de luz no revelaba nada allá abajo en la oscuridad en que se encontraban. El grupo sólo podía oír, no ver, los esfuerzos de Jill por montar sobre la espalda del meneo de la Marisma. Es decir, lo oían a él decir: «No hace falta que me metas el dedo en el ojo» y «Ni tampoco el pie en la boca» seguido de «Eso está mejor» y «Ya está, te sujetaré las piernas. Eso te dejará los brazos libres para que te apoyes en la tierra».

Entonces miraron arriba y no tardaron en ver la figura oscura de la cabeza de la niña recortada en la zona de luz.

—¿Bien? —gritaron todos con ansiedad.

—Es un agujero —respondió la voz de Jill—. Podría pasar por él si subiera un poco más.

—¿Qué ves? —preguntó Charcosombrío.

—No gran cosa todavía. Oye, Charcosombrío,

suéltame las piernas para que pueda subirme a tus hombros en lugar de estar sentada en ellos. Puedo sujetarme perfectamente contra el borde.

Oyeron como la niña se movía y luego una parte mucho mayor de ella apareció ante su vista recortada en la semi-oscuridad de la abertura; de hecho, la veían desde la cabeza a la cintura.

—Oíd... —empezó Jill, pero de repente se interrumpió con un grito: no un grito agudo.

Sonó más bien como si le hubieran tapado la boca o algo se le hubiera introducido en ella. Después de eso recuperó la voz y parecía chillar con todas sus fuerzas, pero no entendían qué decía. Entonces dos cosas sucedieron al mismo tiempo. La zona de luz quedó totalmente oscurecida más o menos un segundo; y oyeron a la vez un sonido tanto de refriega como de forcejeo, y la voz del meneo de la Marisma que jadeaba:

—¡Rápido! Sujetadle las piernas. Alguien tira de ella. ¡Vamos! No, aquí. ¡Demasiado tarde!

La abertura, y la fría luz que la inundaba, volvieron a hacerse visibles. Jill había desaparecido.

—¡Jill! ¡Jill! —gritaron con desesperación, pero no obtuvieron respuesta.

—¿Por qué demonios no le sujetabas los pies? —inquirió Eustace.

—No lo sé, Scrubb —gimió él—. Sin duda nací

para ser un inútil. Es mi mal sino. Éste era provocar la muerte de Pole, igual que lo era comer ciervo parlante en Harfang. Aunque también tengo parte de culpa, desde luego.

—Ésta es la mayor vergüenza y fatalidad que podría haber caído sobre nosotros —declaró el príncipe—. Hemos dejado que una dama valiente cayera en manos enemigas y nos hemos quedado aquí a salvo.

—No lo pintéis demasiado negro, señor —dijo Charcosombrío—, pues no estamos tan a salvo, ya que moriremos de hambre.

—Me pregunto si soy lo bastante pequeño para pasar por donde se coló Jill —comentó Eustace.

Lo que en realidad le había sucedido a la niña era lo siguiente. En cuanto consiguió sacar la cabeza por el agujero descubrió que miraba hacia abajo como si lo hiciera por una ventana superior, no hacia arriba como si lo hiciera por una trampilla. Había estado tanto tiempo en la oscuridad que sus ojos no consiguieron, al principio, comprender lo que veían: excepto que no contemplaba el mundo soleado, iluminado por la luz diurna, que tanto deseaba ver. El aire helaba, y la luz era pálida y azul. Además, se oía mucho ruido y había una barbaridad de objetos blancos que volaban por el aire. Fue entonces cuando le gritó a

Charcosombrío que le permitiera ponerse de pie sobre sus hombros.

Una vez que lo hubo hecho, pudo ver y escuchar mucho mejor. Los ruidos que había oído resultaron ser de dos clases: el rítmico golpeteo de varios pies, y la música de cuatro violines, tres flautas y un tambor. También le quedó muy clara su propia posición. Miraba desde un agujero en un empinado terraplén que descendía y alcanzaba la horizontal unos cuatro metros por debajo de ella. Todo estaba muy blanco, y había muchísimas personas yendo de un lado a otro. ¡Entonces lanzó una exclamación ahogada! Las personas eran en realidad esbeltos y menudos faunos y dríades con los cabellos coronados de hojas flotando a su espalda. Por un segundo le pareció que se movían de cualquier manera; luego comprendió que lo que hacían en realidad era danzar; una danza con tantos pasos complicados y figuras que se tardaba un poco en comprenderla. Entonces supo de improviso que la luz pálida y azulada era en realidad la luz de la luna y que la sustancia blanca del suelo era nieve. Y ¡naturalmente! Allí estaban las estrellas en lo alto mirando desde un cielo negro y helado. Y las cosas altas y oscuras situadas detrás de los danzantes eran árboles. No sólo habían llegado al mundo de la superficie por fin, sino que habían ido a parar al corazón de Narnia. Jill sintió ganas de desmayarse de alegría; y la música —la música desenfrenada, intensamente dulce y a la vez un punto misteriosa; tan repleta de magia buena como el rasgueo de la bruja de magia malvada— hizo que lo sintiera con más fuerza.

Se tarda bastante en contar todo esto, pero desde luego hizo falta muy poco tiempo para comprenderlo. Jill giró casi al momento para gritar a sus compañeros de abajo:

—¡Oíd! Todo va bien. Estamos fuera y en casa.

Pero el motivo de que no consiguiera decir más allá de «Oíd» fue el siguiente. Dando vueltas alrededor de los danzantes había un círculo de enanos, todos vestidos con sus mejores galas; la mayoría de escarlata con capuchas ribeteadas de piel con borlas doradas, y enormes botas altas peludas. Mientras éstos describían círculos, se dedicaban diligentemente a arrojar bolas de nieve. (Aquéllas eran las cosas blancas que Jill había visto volar por los aires.) No las lanzaban contra los bailarines, como podrían haberlo hecho niños tontos en nuestro país, sino a través de la danza, siguiendo a la perfección el compás de la música y con una puntería tan magnífica que si todos los bailarines se encontraban exactamente en el lugar que les correspondía en el momento justo, nadie resultaría tocado. Este baile recibe el nombre de Gran Danza de la Nieve y se celebra cada año en Narnia la primera noche de luna en que la nieve cubre el suelo. Es también una especie de juego, porque de vez en cuando algún bailarín se encuentra ligeramente descolocado y recibe el impacto de una bola de nieve en pleno rostro, y entonces todo el mundo se ríe. Pero un buen grupo de danzarines, enanos y músicos pueden mantener el juego en marcha durante horas sin una sola diana. En las noches despejadas cuando el frío, el retumbar de los tambores, el ulular de los búhos y la luz de la luna se adueñan de su sangre salvaje y silvestre, son capaces de danzar hasta el amanecer. Ojalá pudieras verlo.

Lo que había interrumpido a Jill cuando apenas había conseguido llegar hasta la palabra «Oíd» fue, claro está, sencillamente una enorme y magnífica bola de nieve que llegó volando a través de los danzantes procedente de un enano situado en el otro extremo y que le acertó en plena boca. No le importó; ni veinte bolas de nieve habrían conseguido desanimarla. De todos modos, por muy feliz que uno se sienta, es imposible hablar con la boca llena de nieve. Y cuando, tras un considerable farfulleo, consiguió volver a hablar, olvidó en su entusiasmo que los demás, abajo en la oscuridad, seguían sin saber la buena noticia y se limitó a estirarse fuera del agujero todo lo que pudo a la vez que chillaba a los danzantes:

—¡Socorro! ¡Socorro! Estamos enterrados en la colina. Venid a sacarnos.

Los narnianos, que ni siquiera había advertido el pequeño agujero de la ladera, se quedaron, como es natural, muy sorprendidos y miraron en varias direcciones antes de descubrir de dónde procedía la voz. Pero en cuanto divisaron a Jill corrieron hacia ella, y todos los que pudieron treparon por el terraplén, y una docena de manos o más se alargó para ayudarla. La niña se agarró a ellas y de aquel modo abandonó el agujero y resbaló ladera abajo de cabeza, incorporándose luego para decirles:

—Por favor, id a desenterrar a los otros. Hay tres más, además de los caballos. Y uno de ellos es el príncipe Rilian.

Se encontraba ya en medio de una multitud cuando dijo aquello, pues, aparte de los bailarines, todos los diferentes seres que habían estado contemplando la danza y que ella no había visto antes, se acercaron corriendo. De los árboles surgieron ardillas a montones y también búhos. Los erizos se aproximaron contoneándose a toda la velocidad que les permitían sus cortas patas, en tanto que osos y tejones los seguían a un paso más lento. Una pantera enorme, que agitaba la cola nerviosa, fue la última en unirse al grupo.

En cuanto comprendieron lo que Jill les decía, todos se pusieron manos a la obra.

—Pico y pala, muchachos, pico y pala. ¡Vayamos a buscar nuestras herramientas! —dijeron los enanos, y echaron a correr al interior del bosque a toda velocidad.

—Despertad a algunos topos, son los más indicados para cavar. Son tan buenos como los enanos —dijo una voz.

—¿Qué es lo que ha dicho sobre el príncipe Rilian? —inquirió otra.

—¡Chist! —intervino la pantera—. La pobre criatura está trastornada, y no es extraño después de haberse perdido en el interior de la colina. No sabe lo que dice.

—Es cierto —dijo un oso anciano—. Vaya, ¡si incluso ha dicho que el príncipe era un caballo!

—No, no lo ha dicho —replicó una ardilla, muy vivaracha.

—Sí, sí que lo ha dicho —repuso otra ardilla, más vivaracha aún.

—Es to-to-totalmente cierto-to. No se-seáis bobos —respondió Jill, que hablaba así porque los dientes le castañeteaban debido al frío.

Al instante, una de las dríades le echó por encima una capa peluda que algún enano había dejado caer al salir corriendo en busca de sus herramientas de minero, y un fauno servicial marchó veloz por entre los árboles hasta un lugar donde Jill vio arder una hoguera en la entrada de una cueva, para buscarle una bebida caliente. Antes de que regresara, todos los enanos reaparecieron con palas y picos y arremetieron contra la ladera de la colina. En seguida la niña oyó gritos que decían: «¡Eh! ¿Qué haces? Baja esa espada», «No, jovencito; nada de eso» y «Vaya, tiene mal genio, ¿no os parece?». Jill corrió hacia el lugar y no supo si reír o llorar cuando vio el rostro de Eustace, muy pálido y sucio, surgiendo de la oscuridad del agujero, y blandiendo en la mano derecha una espada con la que lanzaba estocadas a cualquiera que se le acercara.

Pues desde luego Eustace no lo había pasado tan bien como Jill durante los últimos minutos. El niño la había oído gritar y luego desaparecer en lo desconocido, y, al igual que el príncipe y Charcosombrío, pensó que algún enemigo la había capturado. Además, desde allí abajo no podía ver que la luz pálida y azulada era la luz de la luna y pensaba que el agujero conduciría a alguna otra cueva, iluminada por una especie de fosforescen-

cia fantasmal y repleta de Dios sabe qué diabóli-
cas criaturas del Mundo Subterráneo. Así pues
cuando convenció a Charcosombrío de que lo au-
para en su espalda, desenvainó la espada y sacó
la cabeza por allí, en realidad estaba siendo muy
valiente. Los otros lo habrían hecho antes que él
de haber podido, pero el agujero era demasiado
estrecho para que pasaran. Eustace era un poco
mayor y bastante más torpe que Jill, de modo que
al mirar al exterior se golpeó la cabeza contra la
parte superior del agujero y provocó una pequeña
avalancha de nieve sobre su rostro. Por lo tanto,
cuando volvió a mirar, y vio docenas de figuras
que se abalanzaban sobre él a toda velocidad, no
resulta sorprendente que intentara rechazarlas.

—¡Detente, Eustace, detente! —gritó Jill—. Son
todos amigos. ¿No lo ves? Hemos aparecido en
Narnia. Todo va bien.

Entonces Eustace sí se dio cuenta, pidió discul-
pas a los enanos, que le quitaron importancia al
asunto, y docenas de manos gruesas y peludas lo
ayudaron a salir igual que habían ayudado a la
niña minutos antes. Luego Jill trepó por el terraplén, introdujo la cabeza en el oscuro agujero y
gritó las buenas nuevas a los prisioneros. Mientras se apartaba oyó murmurar a Charcosombrío:

—¡Ah, pobre Pole! Este último tramo ha sido

demasiado para ella. Le ha afectado la cabeza, no me sorprendería. Está empezando a ver visiones.

Jill se reunió con Eustace y ambos se estrecharon las manos y aspiraron con fuerza el fresco aire nocturno. En seguida trajeron una cálida capa para Eustace y bebidas calientes para ambos. Mientras las tomaban a sorbos, los enanos ya habían conseguido retirar toda la nieve y toda la hierba de una gran franja de terreno de la ladera alrededor del agujero original, y los picos y las palas se movían con la misma alegría que los pies de faunos y dríades durante la danza diez minutos antes. ¡Sólo diez minutos antes! Sin embargo a Jill y a Eustace les parecía como si todos los peligros pasados en la oscuridad, el calor y la atmósfera sofocante de la tierra hubieran sido solamente un sueño. Allí en el exterior, en medio del frío, con la luna y las enormes estrellas sobre la cabeza (las estrellas narnianas están más cerca que las estrellas de nuestro mundo) y rodeados de rostros amables y alegres, apenas se podía creer en la existencia de la Tierra Inferior.

Antes de que terminaran sus bebidas calientes, una, más o menos, docena de topos, a los que acababan de despertar y que estaban aún bastante adormilados y no demasiado contentos, hicieron su aparición. De todos modos, en cuanto averiguaron de qué iba todo aquello, se pusieron a trabajar con entusiasmo. Incluso los faunos se mostraron útiles transportando la tierra en pequeñas carretillas, y las ardillas bailotearon y saltaron de un lado a otro con gran entusiasmo, aunque Jill jamás averiguó exactamente qué creían que estaban haciendo. Los osos y búhos se contentaron con dar consejos, y se dedicaron a preguntar a los niños si no les apetecía entrar en la cueva —allí era donde Jill había visto la luz de la hoguera— para calentarse y cenar. Pero los niños no soportaban la idea de ir allí sin haber visto antes libres a sus amigos.

Nadie de nuestro mundo es capaz de realizar una tarea semejante como lo hacen los enanos y los topos parlantes de Narnia; pero claro está, los topos y los enanos no lo consideran un trabajo. A ellos les gusta cavar.

Por lo tanto no transcurrió mucho tiempo antes de que consiguieran abrir una enorme grieta negra en la ladera de la colina. Y de la oscuridad salieron a la luz de la luna —habría resultado bastante terrible si no hubieran sabido quiénes eran—, primero, la alta y zanquilarga figura coronada por el sombrero picudo del meneo de la Marisma, y a continuación, conduciendo dos caballos enormes, el príncipe Rilian en persona.

Cuando Charcosombrío apareció se oyeron gritos por todas partes que decían:

—Vaya, pero si es un meneo... pero, si es el viejo Charcosombrío... el viejo Charcosombrío de los Lindes Orientales... ¿qué demonios has estado haciendo, Charcosombrío?... Han salido grupos de salvamento en tu busca... Lord Trumpkin ha colocado avisos... ¡Incluso se ofrecía una recompensa!

Pero todas las voces callaron, sumiéndose en un silencio total, con la misma rapidez con que el ruido se apaga en un dormitorio alborotado cuando el director abre la puerta. Pues entonces vieron al príncipe.

Nadie puso en duda ni por un momento quién era, pues había gran cantidad de bestias, dríades, enanos y faunos que lo recordaban de los tiempos anteriores a su hechizo. Había incluso algunos ancianos que se acordaban todavía del aspecto que tenía su padre, el rey Caspian, cuando era joven, y vieron el parecido. Sin embargo, creo que lo habrían reconocido de todos modos. A pesar de lo pálido que estaba debido a su largo encierro en el Mundo Subterráneo, de ir vestido de negro, estar cubierto de polvo, desaliñado y fatigado, había algo en su rostro y porte que resultaba inconfundible. Es la expresión que aparece en el rostro de todos los reyes auténticos de Narnia, que gobiernan por la voluntad de Aslan y se sientan en Cair Paravell en el trono de Peter el Sumo Monarca. Al instante, todas las cabezas se descubrieron y todos hincaron la rodilla en tierra; en seguida se produjeron grandes aclamaciones y gritos, enormes saltos y volteretas de alegría, y todo el mundo empezó a estrechar las manos de todo el mundo y a besarse y abrazarse de tal manera que a Jill se le llenaron los ojos de lágrimas. Su misión había valido todas las penalidades padecidas.

—Por favor, alteza —dijo el más anciano de los enanos—, tenemos una especie de cena en aquella cueva de allí, preparada para después de finalizar la Danza de la Nieve...

—Acepto de buen grado, anciano —respondió Rilian—, pues jamás ha tenido príncipe, caballero, noble u oso un estómago tan ansioso de vituallas como lo tienen hoy estos cuatro trotamundos.

Toda la multitud empezó a alejarse por entre los árboles en dirección a la cueva, y Jill oyó a Charcosombrío decir a los que se amontonaban a su alrededor:

—No, no, mi historia puede esperar. No me ha sucedido nada que valga la pena mencionar. Quiero escuchar las novedades. No intentéis darme las noticias con suavidad, pues preferiría saberlo todo de golpe. ¿Ha naufragado el rey? ¿Ha habido algún incendio forestal? ¿Alguna guerra en la frontera con Calormen? ¿Tal vez unos cuantos dragones?

Y todas las criaturas reían en voz alta y decían.

—¿No es eso muy propio de un meneo de la Marisma?

Los dos niños casi se caían de cansancio y hambre, pero el calor de la cueva, y su misma contemplación, con la luz de las llamas danzando en las paredes, muebles, copas, platillos, platos y sobre el liso suelo de piedra, tal como sucede en la cocina de una granja, los reanimó un poco. De todos modos se quedaron profundamente dormidos durante la preparación de la cena, y mientras ellos dormían el príncipe Rilian relató toda la aventura a las bestias y enanos de más edad y más sabios. Fue entonces cuando todos comprendieron lo que significaba aquello; cómo una bruja perversa (sin duda de la misma clase que aquella Bruja Blanca que había provocado el Gran Invierno en Narnia hacía muchísimo tiempo) había ideado aquel complot, matando primero a la madre de Rilian y luego hechizando al mismo príncipe. Y vieron cómo había cavado justo hasta llegar debajo de Narnia y estaba dispuesta a atacarla y gobernarla a través del príncipe. Y a éste jamás se le había ocurrido que el país del que lo harían rey —rey de nombre, pero en realidad esclavo de la bruja— era en realidad su propio país. Por la parte de la historia que contaron los niños se enteraron de que estaba aliada y era amiga de los peligrosos gigantes de Harfang.

—Y la lección que se saca de todo ello, alteza —dijo el enano más anciano— es que esas brujas del norte siempre quieren lo mismo, pero en cada era tienen un plan distinto para conseguirlo.

CAPÍTULO 16

El fin de todas las penas

Cuando Jill despertó a la mañana siguiente y se encontró en una cueva, pensó por un horrible instante que volvía a estar en el Mundo Subterráneo. Sin embargo, al advertir que yacía en una cama de brezo con una manta de pelo cubriéndola, y ver un alegre fuego chisporroteando, como si acabaran de encenderlo, sobre un hogar de piedra y, más allá, el sol de la mañana penetrando por la entrada de la cueva, se acordó de la feliz realidad. Habían disfrutado de una cena estupenda, apelotonados en aquella cueva, a pesar de estar tan adormilados antes de que finalizara por completo. Tenía un vago recuerdo de enanos apretujados alrededor del fuego con sartenes bastante más grandes que ellos, y del olor siseante y delicioso de unas salchichas y de muchas más salchichas. No se trataba de tristes salchichas medio llenas de pan y habas de soja, sino de auténticas salchichas repletas de carne y bien condimentadas, gordas, calientes y reventadas, bien tostaditas. Había también jarras enormes de chocolate espumeante, y patatas y castañas asadas, y manzanas cocidas con pasas colocadas en el lugar de los corazones, y luego helados para refrescarse después de todos aquellos manjares calientes.

Jill se incorporó y miró a su alrededor. Charcosombrío y Eustace estaban tumbados no muy lejos, los dos profundamente dormidos.

—¡Eh, vosotros dos! —gritó la niña con voz sonora—. ¿Es que no vais a levantaros nunca?

—¡Fuera, fuera! —dijo una voz soñolienta en algún lugar por encima de ella—. Es hora de descansar. Echa un buen sueñecito, vamos, vamos. No armes jaleo. ¡Uhú!

—Vaya, pero... —exclamó Jill, alzando la mirada hacia un bulto blanco de plumas sedosas encaramado en lo alto de un reloj de péndulo en un rincón de la cueva—... ¡Si me parece que es Plumabrillante!

—Cierto, cierto —aleteó el búho, alzando la cabeza de debajo del ala y abriendo un ojo—. Llegué con un mensaje para el príncipe sobre las dos. Las ardillas nos trajeron la buena noticia. Un mensaje para el príncipe. Se ha ido. Vosotros tenéis que seguirlo también. Buenos días... —Y la cabeza volvió a desaparecer.

Puesto que parecía improbable conseguir más información del búho, Jill se levantó y empezó a mirar a su alrededor para ver si podía lavarse y desayunar algo. Casi al instante un fauno menudo trotó al interior de la cueva con un agudo taconeo de sus cascos de cabra sobre el suelo de piedra.

—¡Vaya! Por fin te has despertado, Hija de Eva —dijo—. Tal vez sería mejor que despertaras al Hijo de Adán. Tenéis que poneros en marcha dentro de pocos minutos y dos centauros se han ofrecido amablemente a permitir que los montéis hasta Cair Paravel. —Añadió luego en voz más baja—: Sin duda, comprenderás que es un honor especial e insólito que a uno le permitan montar en un centauro. No creo haber oído nunca que alguien lo hubiera hecho antes. No estaría bien hacerlos esperar.

—¿Dónde está el príncipe? —fue lo primero que preguntaron Eustace y Charcosombrío en cuanto los despertaron.

—Ha ido a reunirse con el rey, su padre, en Cair Paravel —respondió el fauno, que se llamaba Orruns—. Se espera que el barco de su majestad entre en el puerto en cualquier momento. Parece ser que el rey se encontró con Aslan..., no sé si fue una visión o si se vieron cara a cara..., antes de haber navegado mucho trecho, y Aslan lo hizo volver y le dijo que encontraría a su hijo perdido esperándolo cuando llegara a Narnia.

Eustace ya estaba levantado y él y Jill se pusieron a ayudar a Orruns con el desayuno. A Charcosombrío le dijeron que se quedara en cama. Un centauro llamado Nebulosidad, un sanador famoso, o —como lo llamó Orruns—, un «curandero», venía de camino para ver su pie quemado.

—¡Vaya! —dijo Charcosombrío en un tono casi de satisfacción—, no me sorprendería que quisiera cortarme la pierna a la altura de la rodilla. Ya veréis como lo hace. —Pero se sintió muy contento de poderse quedar en cama.

El desayuno estuvo compuesto de huevos revueltos y tostadas y Eustace lo devoró como si no hubiera tomado una cena magnífica la noche anterior.

—Oye, Hijo de Adán —dijo el fauno, contemplando con cierto temor los bocados del niño—. No hay necesidad de apresurarse tanto. No creo que los centauros hayan terminado de desayunar.

—Entonces deben de haberse levantado muy tarde —respondió Eustace—, apuesto a que son pasadas las diez de la mañana.

—No —repuso Orruns—, se levantaron antes de que amaneciera.

—En ese caso tienen que haber esperado una barbaridad de tiempo para desayunar.

—No, ¡qué va! —replicó el fauno—. Empezaron a comer en cuanto despertaron.

—¡Recórcholis! —exclamó Eustace—. Pues ¿cuándo desayunan?

—Vaya, Hijo de Adán, ¿no lo comprendes? Un centauro posee el estómago de un hombre y el de un caballo. Y desde luego los dos quieren desayunar. Así que primero comen gachas, pavenders, riñones, tocino, tortilla, jamón frío, tostadas, mermelada, café y cerveza. Y después de eso se ocupan de la parte equina de su cuerpo, pastando durante una hora más o menos, para terminar con un afrecho caliente, algo de avena y un saco de azúcar. Ése es el motivo de que no sea ninguna broma invitar a un centauro a pasar el fin de semana. Es algo muy serio.

En aquel momento se oyó un sonido de cascos de caballo golpeando la roca en la entrada de la cueva, y los niños alzaron la mirada. Los dos centauros, uno con una barba negra y el otro con una barba dorada ondeando sobre sus magníficos pechos, los aguardaban allí parados, inclinando un poco la cabeza para poder mirar al interior. Entonces los niños se mostraron muy educados y se terminaron el desayuno rápidamente. Nadie piensa que un centauro sea divertido cuando lo ve. Son seres solemnes y majestuosos, llenos de antigua sabiduría que aprenden de las estrellas, a los que no es fácil hacer reír o enojar; pero su cólera es tan terrible como un maremoto cuando estalla.

—Adiós, querido Charcosombrío —dijo Jill, acercándose al lecho del meneo de la Marisma—. Lamento que te llamáramos aguafiestas.

—Yo también —indicó Eustace—. Has sido el mejor amigo del mundo.

—Y realmente espero que nos volvamos a ver —añadió Jill.

—No es muy probable —respondió él—. No creo que vuelva a ver mi viejo *wigwam* tampoco. Y ese príncipe, es un tipo agradable, pero ¿creéis que es muy fuerte? No me sorprendería que su constitución se haya echado a perder al vivir bajo tierra. Parece de esos que pueden apagarse en cualquier momento.

—¡Charcosombrío! —dijo Jill—. Eres un completo farsante. Suenas tan lastimero como un funeral pero creo que te sientes muy feliz. Y hablas como si tuvieras miedo de todo, cuando en realidad eres tan valiente como... como un león.

—Bien, hablando de funerales...

Empezó a decir Charcosombrío, pero Jill, que

había oído a los centauros golpear con los cascos en el suelo a su espalda, lo sorprendió enormemente pasándole los brazos alrededor del delgado cuello y besando el rostro de aspecto fangoso, mientras Eustace le estrechaba la mano. Luego los dos corrieron hacia los centauros, y el meneo de la Marisma, dejándose caer de nuevo en la cama, comentó para sí:

—Vaya, jamás habría soñado que fuera a darme un beso. A pesar de que soy un tipo muy apuesto.

Montar en un centauro es, sin duda, un gran honor —y con excepción de Jill y Eustace probablemente nadie vivo hoy en día en el mundo lo ha tenido— pero resulta muy incómodo. Pues nadie que estime en algo su vida osará sugerir ponerle una silla de montar a un centauro, y montar a pelo no es divertido; en especial si, como Eustace, no sabes montar. Los centauros se mostraron muy educados, de un modo solemne, cortés y adulto, y mientras cabalgaban por los bosques narnianos hablaban, sin volver la cabeza, contando a los niños las propiedades de hierbas y raíces, las influencias de los planetas, los nueve nombres de Aslan con sus significados y cosas por el estilo. Pero por muy doloridos y zarandeados que estuvieran los dos humanos, en aquellos momentos habrían dado cualquier cosa por repetir de nuevo aquel viaje: por contemplar aquellos claros y laderas centelleando cubiertos por la nieve caída la noche anterior, ser saludados por conejos, ardillas y pájaros que les deseaban los buenos días, volver a respirar el aire de Narnia y escuchar las voces de los árboles narnianos.

Descendieron hasta el río, que discurría refulgente y azul bajo el sol invernal, muy por debajo del último puente —que se encuentra en el acogedor pueblecito de tejados rojos de Beruna— y los cruzó en una gabarra plana el barquero, o más bien el meneo barquero, pues son los meneos de la Marisma quienes realizan la mayor parte de las labores acuáticas y de pesca en Narnia. Después de cruzar, cabalgaron por la orilla sur del río hasta que llegaron a Cair Paravel. Y nada más llegar vieron el mismo barco de brillantes colores que habían visto la primera vez que pisaron Narnia, deslizándose río arriba como un pájaro enorme. Toda la corte volvía a estar reunida en el césped entre el castillo y el muelle para dar la bienvenida al rey Caspian en su regreso a casa. Rilian, que había cambiado sus prendas negras y llevaba ahora una capa escarlata sobre una cota de malla de plata, estaba muy cerca del agua, con la cabeza al descubierto, para recibir a su padre; y el enano Trumpkin estaba sentado a su lado en su carrito tirado por un asno. Los niños comprendieron que no tendrían ninguna posibilidad de abrirse paso hasta el príncipe a través de toda aquella muchedumbre y además cierta timidez les impedía intentarlo. Así que pidieron a los centauros que los dejaran seguir sentados sobre sus lomos un poco más para verlo todo por encima de las cabezas de los cortesanos. Y los centauros dijeron que no había inconveniente.

Un toque de trompetas de plata llegó por encima del agua desde la cubierta del barco: los marineros arrojaron un cabo; ratas (ratas parlantes, desde luego) y meneos de la Marisma lo amarraron con fuerza a la orilla y remolcaron el barco hasta el muelle. Músicos, escondidos en alguna parte de la multitud, empezaron a tocar unos sones solemnes y triunfales, y pronto el galeón del rey quedó atracado de costado y las ratas colocaron la pasarela sobre su borda.

Jill esperaba ver descender por ella al anciano rey. Sin embargo, parecía haber complicaciones, y un noble con rostro demudado bajó a tierra y se arrodilló ante el príncipe y Trumpkin. Los tres conversaron con las cabezas muy juntas unos minutos, pero nadie pudo oír lo que decían. La música siguió sonando, pero se advertía que todo el mundo empezaba a sentirse inquieto. Entonces cuatro caballeros, transportando algo y avanzando muy despacio, aparecieron en cubierta. En cuanto empezaron a descender por la pasarela se pudo ver qué transportaban: era al anciano rey en un lecho, muy pálido e inmóvil. Lo depositaron sobre el suelo, y el príncipe se arrodilló junto a él y lo abrazó. Vieron como el rey Caspian alzaba la mano para bendecir a su hijo. Todo el mundo lo aclamó, pero fue una aclamación poco entusiasta, pues todos se daban cuenta de que algo iba mal. Entonces, repentinamente, la cabeza del monarca cayó hacia atrás sobre los almohadones, los músicos dejaron de tocar y se produjo un silencio sepulcral. El príncipe, arrodillado junto al lecho del rey, bajó la cabeza y lloró.

Se oyeron murmullos e idas y venidas, y luego Jill observó que todos los que lucían sombreros, gorros, yelmos o capuchas se los quitaban; Eustace incluido. A continuación oyó un susurro y un aleteo en lo alto por encima del castillo; al mirar descubrió que bajaban el gran estandarte con el león dorado a media asta. Y después de eso, lentamente, de un modo implacable, con cuerdas gimientes y un desconsolado sonar de cuernos, la música volvió a empezar: esta vez era una melodía capaz de partirle a uno el corazón.

Los dos niños saltaron de los centauros, que no les prestaron la menor atención.

—Cómo desearía estar en casa —dijo Jill.

Eustace asintió, sin decir nada, y se mordió el labio.

—Aquí estoy —dijo una voz profunda a su espalda.

Se dieron la vuelta y vieron al león en persona, tan brillante y real que todo lo demás pareció al momento pálido y desdibujado comparado con él. Y en menos tiempo del que hace falta para respirar Jill se olvidó del difunto rey de Narnia y recordó únicamente cómo había hecho caer a Eustace por el precipicio, y cómo había ayudado a echar por la borda casi todas las señales y también todas las discusiones y peleas. Y deseó decir «lo siento» pero le fue imposible hablar. Entonces el león los atrajo hacia él con los ojos, se inclinó, rozó sus rostros pálidos con la lengua y dijo:

—No penséis más en eso. No siempre vengo a regañar a la gente. Habéis llevado a cabo la tarea para la que os envié a Narnia.

—Por favor, Aslan —dijo Jill—, ¿podemos ir a casa ahora?

—Sí; he venido a llevaros a casa —respondió él.

Abrió la boca de par en par y sopló; pero en aquella ocasión no les pareció volar por los aires: era más bien como si ellos permanecieran inmóviles y el salvaje aliento de Aslan se llevara con él el barco, el rey difunto, el castillo, la nieve y el cielo invernal. Pues todas aquellas cosas desaparecieron flotando como volutas de humo, y de repente estaban de pie en medio de una fuerte luminosidad proyectada por un sol de pleno verano, sobre una hierba mullida, entre árboles enormes, y junto a un hermoso arroyo de agua cristalina. Vieron entonces que se encontraban de nuevo en la Montaña de Aslan, muy por encima y más allá del final de aquel mundo en el que se encuentra Narnia. Sin embargo, lo curioso era que la música fúnebre por el rey Caspian seguía sonando, aunque era imposible saber de dónde procedía. Andaban junto al arroyo y el león avanzaba por delante de ellos: y la criatura se tornó tan hermosa y la música tan desconsolada que Jill no sabía cuál de las dos cosas era la que llenaba sus ojos de lágrimas.

Entonces Aslan se detuvo, y los niños miraron al interior del arroyo. Y allí, sobre la dorada grava del lecho del río, yacía el rey Caspian, muerto, con el agua fluyendo sobre él como cristal líquido. La larga barba blanca se balanceaba en ella como una hierba acuática, y los tres se detuvieron y lloraron. Incluso el león lloró: lágrimas enormes de león, más preciosas que un diamante macizo del tamaño de la Tierra. Y Jill advirtió que Eustace no parecía un niño gimoteando ni un muchacho que llora e intenta ocultarlo, sino un adulto que llora de pena. Al menos, así fue como mejor pudo describirlo; pero en realidad, como dijo la niña, las personas no tenían una edad concreta en aquella montaña.

—Hijo de Adán —dijo Aslan—, entra en esos matorrales, arranca la espina que encontrarás allí y tráemela.

Eustace obedeció. La espina tenía treinta centímetros de largo y era afilada como un estoque.

—Húndela en mi pata, Hijo de Adán —indicó el león, alzando la pata delantera derecha y extendiendo la enorme almohadilla en dirección al niño.

—¿Tengo que hacerlo? —preguntó éste.

—Sí —respondió Aslan.

Eustace apretó los dientes y hundió la espina en la almohadilla del león. Y de ella brotó una gran gota de sangre, más roja que cualquier color rojo que hayas visto o imaginado jamás, que fue a caer en el arroyo, sobre el cuerpo sin vida del rey. En aquel mismo instante la música lúgubre se detuvo, y el rey muerto empezó a cambiar. La barba blanca se tornó gris, y de gris pasó a amarillo, y luego se acortó hasta desaparecer por completo; y las mejillas hundidas se tornaron redondeadas y lozanas, y las arrugas se alisaron, y los ojos se abrieron, y sus labios rieron, y de improviso se incorporó de un salto y se colocó ante ellos; un hombre muy joven, o un muchacho (aunque Jill no pudo decidir qué, debido a que las personas no tienen una edad concreta en el país de Aslan. Pero incluso en ese mundo, son los niños más estúpidos los que parecen más infantiles y los adultos más estúpidos los que parecen más adultos). Corrió hacia Aslan y le arrojó los brazos al cuello hasta donde pudo llegar; y dio al león los fuertes besos de un rey y Aslan, por su parte, le devolvió los besos salvajes de un león.

Finalmente Caspian se volvió hacia los otros y lanzó una gran carcajada de sorprendida alegría.

—¡Cielos! ¡Eustace! —exclamó—. ¡Eustace! De modo que sí llegasteis al Fin del Mundo. ¿Qué hay de mi segunda mejor espada que rompiste contra el cuello de la serpiente marina?

Eustace dio un paso hacia él con las dos manos extendidas, pero luego retrocedió con una expresión algo sobresaltada.

—¡Oye! Vaya —tartamudeó—. Todo esto está muy bien. Pero ¿no estás...? Quiero decir, ¿no te...?

—Vamos, no seas idiota —dijo Caspian.

—Pero —siguió Eustace, mirando a Aslan—. ¿No se ha... muerto?

—Sí —respondió el león con una voz muy tranquila, casi (pensó Jill) como si se riera—. Ha muerto. Mucha gente lo ha hecho, ya sabes. Incluso yo. Hay muy pocos que no hayan muerto.

—Vaya —intervino Caspian—, ya veo qué te preocupa. Crees que soy un fantasma o alguna tontería así. Pero ¿no lo comprendes? Lo sería si ahora apareciera en Narnia, porque ya no pertenezco allí. Pero uno no puede ser un fantasma en su tierra. Podría serlo en vuestro mundo, no sé. Aunque supongo que tampoco es el vuestro, pues ahora estáis aquí.

Una gran esperanza creció en los corazones de los niños; pero Aslan meneó la peluda cabeza.

—No, queridos míos —dijo—. Cuando volváis a encontraros conmigo aquí, habréis venido para quedaros. Pero ahora no. Debéis regresar a vuestro propio mundo durante un tiempo.

—Señor —dijo Caspian—, siempre he deseado echar una ojeada a «su» mundo. ¿Acaso está mal?

—Hijo mío ya no puedes desear cosas malas, ahora que has muerto —respondió el león—. Y verás su mundo; durante cinco minutos de «su» tiempo. No necesitarás más para arreglar las cosas allí.

Entonces Aslan explicó a Caspian a lo que iban a regresar Jill y Eustace y también todo sobre la

Escuela Experimental: el león parecía conocerla casi tan bien como ellos.

—Hija —indicó Aslan a Jill—, arranca una vara de ese arbusto.

Así lo hizo ella; y en cuanto estuvo en su mano se convirtió en una fusta de montar magnífica.

—Ahora, Hijos de Adán, desenvainad las espadas —ordenó Aslan—. Pero usad únicamente la hoja plana, pues es contra cobardes y niños, no guerreros, contra los que os envío.

—¿Vienes con nosotros, Aslan? —preguntó Jill.

—Ellos sólo verán mi espalda —indicó el león.

Los condujo rápidamente a través del bosque, y antes de que hubieran dado muchos pasos, el muro de la Escuela Experimental apareció ante ellos. Entonces Aslan rugió de tal modo que el sol se estremeció en el cielo y nueve metros de pared se derrumbaron ante ellos. Por la abertura contemplaron el macizo de arbustos de la escuela y el tejado del gimnasio, todos bajo el mismo cielo otoñal y gris que habían visto antes del inicio de su aventura. Aslan se volvió hacia Jill y Eustace, y lanzó su aliento sobre ellos y les rozó las frentes con la lengua. A continuación se tumbó en medio de la abertura que había abierto en la pared y volvió el dorado lomo en dirección a Inglaterra en tanto que el noble rostro miraba hacia sus propias tierras. En aquel mismo instante Jill vio figuras que conocía muy bien ascendiendo a la carrera por los laureles en dirección a ellos.

Casi toda la banda estaba allí: Adela Pennyfather y Cholmondely Major, Edith Winterblott, «Manchas» Sorner, el gran Bannister y los dos odiosos gemelos Garrett. Pero de repente todos se detuvieron. Sus rostros cambiaron y toda la mezquindad, engreimiento, crueldad y actitud furtiva casi desapareció reemplazada por una única expresión de terror; pues vieron que la pared había caído, a un león tan grande como un elefante tumbado en la abertura y a tres figuras con ropas fastuosas y armas en las manos que se abalanzaban sobre ellos. Pues, con la energía de Aslan en su interior, Jill empleó la fusta para las chicas y Caspian y Eustace la hoja plana de sus espadas para los chicos con tal eficiencia que en dos minutos todos los matones corrían como locos, chillando:

—¡Asesinos! ¡Tiranos! ¡Leones! No es justo.

Y luego, la directora llegó corriendo para ver qué sucedía. Al ver al león y la pared rota y a Caspian, Jill y Eustace (a los que no reconoció) tuvo un ataque de histeria y regresó a la escuela, donde empezó a llamar a la policía con historias sobre un león huido de un circo, y presos fugados que derribaban muros y empuñaban espadas. En medio de todo aquel jaleo Jill y Eustace se escabulleron silenciosamente al interior del colegio y cambiaron sus trajes suntuosos por prendas corrientes, mientras Caspian regresaba a su mundo. Y la pared, a una orden de Aslan, volvió a estar intacta, de modo que cuando llegó la policía, no encontró ni león ni muro derribado ni tampoco a ningún presidiario, pero sí a la directora comportándose como una lunática, así que llevaron a cabo una investigación sobre todo lo sucedido. Y en la investigación surgieron toda clase de cosas sobre la Escuela Experimental, y unas diez personas fueron expulsadas. Después de aquello, los amigos de la directora se dieron cuenta de que ésta no servía para el puesto, de modo que consiguieron que la nombraran inspectora para que pudiera entrometerse en el trabajo de otros directores. Y cuando descubrieron que tampoco servía para aquello siquiera, la introdujeron en el Parlamento, donde vivió felizmente para siempre.

Eustace enterró sus magníficas ropas en secreto una noche, en los terrenos de la escuela, pero Jill consiguió llevarlas clandestinamente a su casa y se las puso para un baile de disfraces que celebraron en vacaciones. A partir de aquel día las cosas cambiaron para mejor en la Escuela Experimental, que se convirtió en una escuela muy buena. Y Jill y Eustace fueron siempre amigos.

Pero allá en Narnia, el rey Rilian enterró a su padre, Caspian el Navegante, décimo de aquel nombre, y lo lloró. Él mismo gobernó Narnia con buen tino y el país fue feliz durante su reinado, aunque Charcosombrío (cuyo pie estuvo como nuevo al cabo de tres semanas) a menudo indicaba que las mañanas radiantes acostumbraban a traer tardes lluviosas, y que uno no podía esperar que los buenos tiempos durasen. Dejaron abierta la hendidura de la ladera de la colina y, a menudo, en los días calurosos del verano los narnianos entran allí con faroles y barcos y descienden hasta el agua para navegar de un lado a otro, cantando, en el fresco y oscuro mar subterráneo, contándose unos a otros relatos sobre las ciudades que yacen muchas brazas por debajo de ellos. Si alguna vez tienes la suerte de ir a Narnia, no olvides echar un vistazo a esas cuevas.

La Última Batalla

«Jamás en todos los días de mi vida he visto cosas tan terribles escritas en los cielos como las que han aparecido todas las noches desde que comenzó el año», dijo el centauro Roonit.

Efectivamente, tras ser arrojados violentamente al interior de Narnia, Jill y Eustace lo encuentran todo en un horrible estado de confusión y duda. Triquiñuela, el más listo, feo y arrugado de los monos, ha convencido al pobre y crédulo asno, Puzzle, para que se ponga una piel de león y se haga pasar por Aslan. Así pues cuando «Aslan» empieza a dar órdenes terribles, los animales y enanos se ven sumidos en un increíble desacuerdo sobre qué hacer y a quién creer. Tirian, rey de Narnia, deberá actuar con rapidez antes de que los animales se corrompan totalmente y la armonía del reino quede destruida. Qué maravillosa sorpresa se llevan todos cuando Peter, Edmund y Lucy se unen a Jill y a Eustace para ayudar a Tirian en la gran batalla que decidirá para siempre el futuro del una vez glorioso reino de Narnia.

Ésta es la séptima y última aventura de
Las Crónicas de Narnia